KB078425

7번째 환생 5

묘재 장편소설

초판 1쇄 찍은 날 § 2018년 10월 22일
초판 1쇄 펴낸 날 § 2018년 10월 29일

지은이 § 묘재
펴낸이 § 서경석

총괄팀장 § 최하나
편집책임 § 김슬기
디자인 § 고성희, 신현아

펴낸곳 § 도서출판 청어람
등록번호 § 제387-1999-000006호
등록일자 § 1999. 5. 31
어람번호 § 제1-2968호

주소 § 경기도 부천시 원미구 부일로 483번길 40 서경B/D 3F (우) 14640
전화 § 032-656-4452 팩스 § 032-656-4453
http://www.chungeoram.com
E-mail § chungeorambook@daum.net

ⓒ 묘재, 2018

ISBN 979-11-04-91856-8 04810
ISBN 979-11-04-91777-6 (세트)

도서출판 청어람

FUSION FANTASTIC STORY

7번째 환생

묘재 장편소설

5

Contents

1장
아프리카의 패왕

　두두두두두—

　군용 지프가 길이 없는 오지를 가로지르고 있었다.

　최치우는 선두 차량의 조수석에서 날카로운 눈으로 전방을 주시했다.

　혹시 모를 매복이나 함정을 가장 먼저 파악할 수 있는 사람은 최치우밖에 없다.

　'아직까진 기척이 느껴지지 않아.'

　어나니머스가 알려준 레드 엑스의 본진으로 출발한 지 1시간이 넘었다.

　워낙 길이 험해서 차가 속도를 내기 어려웠다.

　만약 어나니머스의 좌표가 틀렸다면 허탕을 치고 만다.

하지만 최치우는 세계 최고의 해커 집단을 의심하지 않았다.

그들은 100% 확실한 정보가 아니라면 결코 돈을 받지 않는다.

그만한 원칙이 있기에 오랜 세월 최고의 자리를 지켜온 것이다.

삐빅— 삐비빅—

최치우는 GPS 탐지기로 현재 위치를 확인했다.

사막인지 광야인지 구분하기 애매한 지역에서 GPS가 없으면 까막눈이 되고 만다.

삑!

미리 입력해 둔 레드 엑스의 본진 좌표가 빨간불로 빛나고 있었다.

현재 위치에서 직진 주행으로 15㎞ 거리다.

도로 사정을 감안해도 30분이면 레드 엑스의 본진에 다다를 것이다.

최치우는 무전기를 켜고 지시를 내렸다.

"여기는 선두, 1호 차. 상황 보고, 이상."

무전으로 의사소통을 할 때는 가능한 짧게 핵심 단어만 말해야 한다.

긴박한 상황에서 최대한의 정보를 빠르게 전달해야 되기 때문이다.

곧이어 헤라클래스 대원들이 탑승한 2호 차와 3호 차에서 답신이 왔다.

―2호 차, 현재 상황 이상 무.

―3호 차, 현재 상황 이상 무.

2호 차 조수석에는 리키가 타고 있다.

3호 차 조수석은 타미르가 차지했다.

몽골에서 온 타미르는 전투 능력은 다른 대원들에 비해 다소 떨어진다.

그러나 상황 판단력이 좋기 때문에 3호 차 대원들의 지휘를 맡겼다.

원래 포지션도 저격수이기에 지휘를 맡기 안성맞춤이다.

최치우는 둘의 목소리를 듣고 고개를 끄덕였다.

그는 28명의 대원과 리키, 그리고 자신까지 모두 30명을 3조로 나눴다.

각 조의 리더는 10명의 동선을 유기적으로 지휘해야 한다.

동시에 최치우의 최종 명령을 동료들에게 전달하며 차질 없이 전투를 이끄는 막중한 임무를 부여받았다.

이 기회를 통해 리키와 타미르의 지휘 능력도 한 단계 업그레이드될 것이다.

실전 경험보다 더 좋은 훈련은 없기 때문이다.

"현재 15㎞ 전, 적진 발견 후 1호 차 대전차포 무력화 작전 개시. 2호 차, 적진 내부 침투, 3호 차 엄호. 이상."

―라저.

―라저.

기다렸다는 듯 리키와 타미르의 목소리가 울렸다.

작전은 간단했다.

최치우가 이끄는 1호 차 대원들은 대전차포부터 노린다.

원래 아프리카의 게릴라 반군들은 권총과 소총, 잘해봐야 기관총 정도의 무장을 갖추고 있다.

그런데 레드 엑스는 배후 세력으로부터 대전차포를 전달받았다.

에릭 한센이 올림푸스의 광산 개발을 방해하기 위해 레드 엑스에게 신형 무기를 공급했을 확률이 높았다.

바주카포로도 불리는 대전차포는 국지전에서 엄청난 위력을 발휘한다.

한 방으로 탱크를 파괴할 수 있다.

대전차포만 있으면 전투부대의 진형을 무너뜨리는 건 식은 죽 먹기다.

그렇기에 최치우는 첫 번째 타깃을 대전차포로 삼았다.

레드 엑스의 대전차포만 무력화시키면 기습의 성공률이 높아진다.

갑작스러운 본진 습격에 당황한 레드 엑스는 제대로 저항하기 힘들 것이다.

그러나 만약 레드 엑스가 헤라클래스 대원들을 향해 대전차포를 발사하면 상황이 어찌 될지 모른다.

헤라클래스의 진형이 무너지고 피해를 수습하는 동안 레드 엑스가 대열을 정비할 수도 있다.

'적진에 도착해서 3분, 그 안에 승부가 갈린다.'

최치우는 속전속결로 전투가 끝날 거라 예상했다.

실제로 100명이 넘는 레드 엑스를 모두 죽이거나 전투 불능 상태로 만들기까진 시간이 좀 더 걸릴 것이다.

하지만 대전차포라는 강력한 무기를 어떻게 무용지물로 만드느냐에 모든 게 걸려 있다.

최치우가 도움을 줄 부분도 거기까지다.

그다음부터는 헤라클래스 대원들이 마음껏 활개 치도록 놔둘 작정이다.

물론 예상 못 한 위기가 닥치면 최치우가 전면에 나서서 적진을 휩쓸게 될 지도 모른다.

최치우는 최후의 상황까지는 벌어지지 않기를 바랐다.

헤라클래스가 실전에서 어떤 모습을 보여줄 수 있을지, 누구보다 최치우의 기대가 가장 컸다.

두두두두—!

결전의 장소로 달려가는 지프가 거친 소리를 토해냈다.

최치우는 주머니에 손을 넣어 미쓰릴로 만든 단검을 만졌다.

그는 펜타곤에 제공하고 남은 미쓰릴로 작은 단검과 반지를 만들었다.

미국 국방부만 진가를 알고 있는 절대 금속 미쓰릴이 아프리카에서 위력을 뿜어내게 될까.

손가락 크기의 단검을 만지작거리는 최치우의 눈빛이 심상치 않았다.

아무래도 레드 엑스는 절대 건드려선 안 될 상대를 공격한 대가를 톡톡히 치르게 될 것 같았다.

*　　　　*　　　　*

모두 숨을 죽였다.

누가 시키지 않아도 다들 정신을 바짝 집중하고 있었다.

최치우는 수많은 사람들의 기척을 감지했다.

드디어 남아공과 나미비아를 오가며 약탈과 강간을 일삼는 골칫덩이 레드 엑스의 본거지에 도착한 것이다.

아직 본진이 시야에 들어오지는 않았다.

그러나 메마른 언덕 지형이 끝없이 펼쳐지고 있었다.

몇 개의 언덕만 넘어서면 레드 엑스의 본진이 보일 것 같았다.

"적진 발견 시 곧바로 작전 개시, 이상."

"라저."

"라저 댓."

최치우는 전투가 시작되기 전, 마지막으로 지시를 내렸다.

교전이 발발해도 계속 지시를 내리겠지만, 미리 짜둔 합대로 움직이는 게 가장 중요하다.

덜커덩—!

그때 마침 1호 차가 제법 높은 능선 하나를 넘었다.

동시에 최치우는 유리창 너머로 레드 엑스의 본진을 발견했다.

언덕으로 사방이 막힌 아래쪽 평지에 가건물들이 세워져 있었다.

전혀 상상할 수 없는 지역에 악명 높은 게릴라 반군 레드 엑스의 본거지가 위치한 것이다.

어나니머스의 정보가 아니었다면 레드 엑스의 좌표를 찾아내기 힘들었을 터.

최치우는 자신에게 찾아온 천금 같은 기회를 놓칠 생각이 없었다.

"파이어!"

무전기에 입을 댄 최치우가 강렬한 명령을 내렸다.

동시에 1호 차에 탑승한 10명이 순식간에 하차해 총기를 들었다.

운전을 한 대원도 마찬가지였다.

레드 엑스가 저항하기 전에 언덕 아래로 내려가 기습을 성공시켜야 한다.

각자의 무기를 챙긴 10명이 언덕 아래로 질주했다.

최치우는 일부러 뒤쪽에서 속도를 맞추며 사방을 살펴봤다.

언제 어디서 대전차포가 등장할지 모르기 때문이다.

"수류탄 투하!"

언덕을 반쯤 내려와서 최치우가 함께 1호 차를 타고 온 대원들에게 지시를 내렸다.

말이 끝나기 무섭게 선두의 세 명이 수류탄을 던졌다.

피유웅―

퍼퍼퍼퍼펑!

포물선을 그리며 날아간 수류탄이 레드 엑스의 본진을 뒤흔들었다.

강도 높은 폭발음에 고막이 얼얼해졌지만 한시도 멈출 수 없다.

속전속결로 전투를 끝내지 않으면 수적 열세인 헤라클래스가 언제 위험해질지 모른다.

"연막탄 투하!"

최치우는 쉬지 않고 명령을 내렸다.

정확한 타이밍에 지시를 내리는 결단력이 놀라웠다.

그는 다른 차원에서 무수히 실전을 치러본 경험으로 헤라클래스의 베테랑 대원들을 수족처럼 부렸다.

피슈우우웅!

쏴아아아아아—

수류탄에 이어 연막탄이 터지며 레드 엑스의 본진이 안개에 휩싸였다.

갑작스러운 기습과 폭탄 투척으로 이미 수십 명의 사상자가 발생했을 것이다.

뒤이어 도착한 2호 차와 3호 차에서 나머지 대원들이 내렸다.

최치우는 20명의 대원들이 돌진해 오는 걸 보고 1조의 역할을 상기시켰다.

"1조 전원 산개! 대전차포 무력화, 이상!"

"예썰—!"

"라저, 캡틴!"

기습의 성공으로 아드레날린이 돌기 시작한 대원들이 우렁차게 대답했다.

곧이어 최치우를 제외한 9명이 사방으로 흩어졌다.

1조의 역할은 대전차포를 무력화시키는 것이다.

수류탄과 연막탄으로 적진을 휩쓸었으니 레드 엑스는 곧장 비장의 무기를 꺼낼 게 분명하다.

그때가 바로 1조의 승부처다.

쑥대밭이 된 레드 엑스의 본진을 완전히 초토화시키는 건 2조와 3조의 몫이다.

"파이어어어어어—!"

2조를 이끄는 리키가 목청이 찢어져라 소리를 질렀다.

동시에 일렬로 늘어선 2조 대원들이 연막탄 너머 움직이는 그림자를 향해 기관총을 난사했다.

투투투투투투!

펑— 퍼퍼펑!

3조 대원들은 뒤에서 수류탄을 더 던졌다.

150명에 이를지도 모른다는 레드 엑스는 마른하늘에 날벼락을 맞았다.

반격할 여지를 주지 않는 기습과 섬멸 작전.

이제껏 지도에도 없는 오지에 꽁꽁 숨어 게릴라 작전으로 재미를 보던 레드 엑스가 똑같이 당하고 있었다.

투투투투—!

피융— 피유웅!

"반격이다, 산개!"

"3조, 엄호!"

1분도 되지 않는 짧은 시간 안에, 헤라클래스의 초토화 작전이 상당 부분 성공을 거두었지만, 레드 엑스도 가만히 당하고 있지만은 않았다. 그들의 반격이 시작된 것이다.

살아남은 레드 엑스의 반군들이 기관총을 잡아 들고 총알을 갈겼다.

하지만 미리 대비하던 헤라클래스에게는 큰 위협이 못 됐다.

이미 수류탄과 연막탄으로 적진을 파괴했고, 시야의 우위를 점했기 때문이다.

똑같은 난사라도 레드 엑스의 반격은 조준점 없이 막무가내로 총을 갈기는 것이다.

반면 헤라클래스는 약속된 진형대로 철저히 레드 엑스의 본진을 노리고 사격을 가했다.

게다가 3조를 이끄는 타미르는 예리한 저격수다.

타미르는 연막탄 안개 너머에서 총알이 집중적으로 불을 뿜는 지점을 향해 스나이퍼샷을 쐈다.

피슈웅!

타미르의 총알은 귀신같았다.

레드 엑스의 반격 의지를 꺾을 뿐 아니라 헤라클래스 대원들을 엄호하는 데 안성맞춤이었다.

이대로 가면 헤라클래스의 초토화 작전이 완벽하게 성공할 것 같았다.

그러나 아직 레드 엑스에겐 비장의 무기가 남아 있다.

최치우와 1조 대원들은 사방으로 흩어져 수상한 동향을 찾고 있었다.

바로 그 때, 무전기를 통해 다급한 음성이 들렸다.

ㅡ적진 후방, 대전차포!

기습이 시작되고 1분 남짓한 시간이 흐를 동안 레드 엑스는 일방적으로 두들겨 맞았다.

그런데 누군가 혼란 속에서 대전차포를 꺼낸 것이다.

"2조, 전원 산개!"

최치우는 다급히 명령을 내렸다.

가장 뭉쳐 있는 것은 사격을 퍼붓고 있는 2조 대원들이다.

아니나 다를까, 대전차포는 2조를 향해 발사됐다.

콰아앙ㅡ!

차원이 다른 굉음과 함께 지축이 흔들렸다.

연막탄으로 만든 인위적인 안개보다 더 짙은 흙먼지가 피어 올랐다.

최치우가 속한 1조와 후방의 3조는 타격을 입지 않았다.

하지만 2조의 상태가 걱정될 수밖에 없었다.

"리키, 리키! 2조 상황 보고 바람, 이상!"

최치우는 무전기로 리키를 불렀다.

대전차포가 불을 뿜기 직전 산개 명령을 내렸지만, 폭발의 여파가 강력해 걱정이 됐다.

—2조 포격 직전 산개 완료, 경상 3명, 중상 1명, 이상!

걱정과 달리 리키가 씩씩하게 대답했다.

2조는 다시 레드 엑스의 본진으로 진격하며 사격을 이어갔다.

1명이 중상을 입고 전투 불능이 됐지만 다행히 죽지는 않았다.

이제 최치우와 1조가 본연의 역할을 다할 때다.

최치우는 눈을 부릅뜨고 대전차포가 쏘아진 방향을 쳐다봤다.

"1조, 저긴 내가 맡는다. 다른 대전차포 탐색 및 2조 엄호 실시, 이상!"

레드 엑스는 또 다시 장전을 하고 대전차포를 쏠 것이다.

몇 대의 대전차포가 더 있을 가능성도 있다.

최치우는 정신을 집중한 채 방금 전 포탄이 쏘아진 지점을 노려봤다.

그곳에서 위험한 기운이 응축되는 게 느껴졌다.

'가라!'

쐐애애액—

최치우는 품에 넣어둔 미쓰릴 단검을 던졌다.

내공을 가득 담아 포격 지점을 향해 비도술(飛刀術)을 펼친 것이다.

미쓰릴 단검은 총알보다 빠르게 날아갔다.

동시에 2조를 공격했던 대전차포에서 다시 불이 뿜어지려 했다.

슉!

대전차포에서 포탄이 발사되기 직전, 미쓰릴 단검이 넓은 포문 안으로 정확히 들어갔다.

그리고 다시금 온 땅을 뒤흔드는 굉음이 울렸다.

콰콰콰콰쾅—!

폭음은 방금 전처럼 헤라클래스 대원들 방향에서 들리지 않았다.

대전차포를 사용한 적진 후방에서 흙먼지가 피어났다.

미쓰릴은 무엇으로도 부술 수 없는 절대 금속이다.

오직 마나를 이용해 제련할 수 있지만, 완전히 파괴할 수는 없다.

그러나 단지 단단하기만 한 금속은 아니다.

그렇다면 아슬란 대륙의 온 마법사와 기사들이 미쓰릴 한 조각을 위해 목숨을 걸었을 리 없다.

에너지를 흡수해 튕겨내는 속성.

무엇이든 반사하는 반발력이야말로 미쓰릴을 절대 금속으로 불리게 만든 결정적 요인이다.

펜타곤에서도 바로 그 특성에 주목해 연구가 한창이었다.

아슬아슬하게 대전차포 포문으로 들어간 미쓰릴 단검은 포탄의 에너지를 튕겨냈다.

결국 탱크도 부숴 버리는 포탄은 대전차포를 벗어나지 못하고 안에서 터졌다.

미쓰릴의 반발력까지 더해져 그 일대는 처참한 지경이 됐다.

대전차포를 쏘던 레드 엑스의 반군은 물론이고, 본진의 3분의 1 이상이 순식간에 날아간 것이다.

"적진 좌측, 대전차포 발견!"

"슛!"

타탕— 타타탕—!

최치우가 물꼬를 트자 1조 대원들도 남은 대전차포를 찾아내 사격했다.

그사이 2조는 진격을 계속했고, 엄호를 맡았던 3조도 2조와 합류해 평지에 다다랐다.

최치우는 가건물이 늘어선 평지에 도착한 2조와 3조를 향해 새로운 명령을 내렸다.

"2조, 3조. 무기 없이 투항한 생존자 확보, 무장 병력은 즉살. 이상."

—라저, 사부!

—라저!

리키와 타미르가 명령을 받들었다.

최치우는 전투에서 여유를 부리는 게 얼마나 멍청한 짓인지 잘 알고 있다.

자칫하다 헤라클래스 대원들이 다치거나 죽으면 돌이킬 수 없다.

상대가 총이나 무기를 들고 있으면 무조건 죽이는 게 가장 확실하다.

무기 없이 투항 자세를 취하고 있는 사람만 생포하면 된다.

설령 아무도 생포하지 못해도 상관없다.

어차피 레드 엑스는 살인, 강간, 약탈을 일삼는 게릴라 반군이다.

"1조, 대전차포 탐색 및 이탈자 방지. 이상."

─이상 무!

최치우의 1조는 혹시 모를 대전차포의 등장을 견제하면서 레드 엑스의 본진 외곽을 지켰다.

누구도 여기서 도망치지 못한다.

도망자는 곧 후환이다.

최치우는 후환을 남겨두는 성격이 아니었다.

'헤라클래스는… 강하다.'

명령을 내리고 한 발짝 물러선 최치우는 냉정하게 평가를 내렸다.

자신의 기대보다 헤라클래스 대원들은 더 강한 면모를 보였다.

기습이라고 해서 무조건 성공하는 게 아니다.

반격의 싹을 자르고 완벽한 섬멸 작전을 펼치는 건 무척 어렵다.

최정예 특수부대도 소화하기 힘든 고난도 작전이다.

전투에 취해 흥분하게 되면 실수가 발생하고, 실수는 곧 부상이나 사망으로 이어진다.

하지만 헤라클래스 대원들은 철저하게 역할대로 움직였다.

최치우의 확실한 지휘 덕을 봤지만, 그래도 기대 이상의 활약이 분명했다.

'미쓰릴 단검으로 대전차포 하나를 터뜨리긴 했지만, 이 정도면 충분히 헤라클래스가 만들어낸 승리다.'

최치우는 마법으로 땅을 뒤집지 않았다.

무공을 펼치며 적진에 파고들어 진형을 붕괴시키지도 않았다.

대전차포 하나를 박살 내며 결정적 승기를 제공했어도, 전투의 70% 이상은 헤라클래스 대원들이 해낸 것이다.

최치우는 폐허가 된 레드 엑스의 본진을 내려다보며 혼잣말을 읊조렸다.

"우리 대원을 죽이면 그 목숨값은 무조건 몰살로 받겠어. 섬멸, 그 외에 다른 대가는 필요 없다."

헤라클래스는 검은 대륙 아프리카의 패왕으로 거듭날 것이다.

동료의 복수로 악명 높은 게릴라 반군 레드 엑스를 초토화시킨 오늘부터 전설은 시작됐다.

30명이든, 300명이든, 혹은 3명이든 헤라클래스의 머릿수가 중요한 게 아니다.

누구든 헤라클래스를 건드리면 끝장을 봐야 한다.

그렇게 강렬한 인식을 아프리카 전역에 심어두면 3명으로도 패왕이 될 수 있다.

최치우는 자신의 병사들에게 왕도(王道)를 걷게 할 생각이었다.

그가 깔아준 왕도 위에서 헤라클래스는 찬란히 빛나는 패왕성이 될 것이다.

"상황 종료. 3조, 우리 부상자를 먼저 수습한다. 2조는 생포자와 함께 여기 남아 차량 지원을 기다린다. 이상."

최치우는 오늘의 마지막 명령을 내렸다.

어딘가에 박혀 있을 미쓰릴 단검을 찾고, 사후 수습만 하면 된다.

압도적 승리.

그러나 최치우는 여전히 주먹을 꽉 쥐고 있었다.

'고작 이게 네오메이슨의 시험이라면… 이제부터 각오해야 될 거다, 에릭. 날 감당할 수 있을까?'

그는 레드 엑스의 난동이 에릭 한센과 연관이 있을 거라 확신했다.

불투명한 경로를 통해 레드 엑스가 대전차포 같은 최신 무기를 입수한 것도 의심스러웠다.

어쨌거나 진실은 곧 드러날 터.

최치우는 받은 만큼, 아니 반드시 그 이상으로 돌려준다.

천하의 에릭 한센도 바짝 긴장해야 될 것 같았다.

*   *   *

헤라클래스는 레드 엑스 섬멸 작전에서 4명이 부상을 입었다.

그중 3명은 타박상 및 경미한 화상으로 걱정할 필요가 없다.

중상을 입은 1명은 케이프타운의 대학병원에서 치료를 받게 됐다.

폭발의 여파에 휩쓸려 뇌진탕을 입고, 갈비뼈가 몇 대 부러진 것이다.

그러나 생명이 위중한 정도는 아니었다.

병원에서는 두 달 정도 치료를 받으면 완쾌될 거라고 말했다.

결국 단 한 명의 사망자도 없이 레드 엑스라는 막강한 반군을 섬멸한 것이다.

아프리카에 게릴라 반군들이 창궐한 이후 손에 꼽을 정도로 기념비적인 사건이었다.

물론 공식적으로 헤라클래스의 전공을 치하할 순 없다.

아무리 살인, 약탈, 강간을 일삼는 반군이라도 100명이 넘는 인원을 사살했기 때문이다.

무슨 일만 터지면 난리를 치는 국제 인권 단체들이 들고 일어날 게 뻔하다.

안 그래도 인권 단체들은 아프리카의 사설 무장 단체 허용 법안을 바꾸려고 목소리를 높인다.

그렇기에 헤라클래스는 전장의 영광을 남아공 정부에 넘겼다.

서로 누이 좋고 매부 좋은 일이다.

남아공 정부는 악명 높은 반군을 소탕했다며 한껏 생색을 냈다.

대신 헤라클래스는 남아공 정부로부터 막대한 전투 보상금을 받았다.

광산 하나를 통째로 개발하고도 남을 정도의 금액이었다.

올림푸스의 광산을 지키기 위해 만들어진 헤라클래스가 반군을 소탕해 자체적인 수익을 올린 것이다.

또 남아공 정부는 헤라클래스에게 커다란 빚을 진 셈이었다.

앞으로 최치우와 올림푸스가 남아공에서 사업을 전개할 때 두고두고 써먹을 수 있는 빚이다.

어차피 알 사람들은 다 알고 있다.

남아공 정부가 아닌 올림푸스 산하의 사설 무장 단체 헤라클래스가 레드 엑스를 박살 냈다는 사실을.

이미 헤라클래스의 이름은 발 없는 소문을 타고 아프리카 전역으로 뻗어나가고 있었다.

이전까지 헤라클래스는 철저한 무명이었다.

날고 기는 베테랑 대원들을 스카우트했지만, 용병 개개인의 이름이 알려지는 경우는 거의 없다.

결국 어떤 무장 단체나 특공대 소속인지가 클래스를 증명한다.

그런데 신생 단체의 첫 번째 승전보가 레드 엑스 섬멸이다.

생각보다 레드 엑스의 악명은 더 포악했고, 그만큼 헤라클래스의 명성은 높아졌다.

기습을 해서 쉽게 이겼다는 반론은 무의미하다.

전투에서 가장 중요한 게 바로 정보다.

레드 엑스의 본진 위치를 알아내고 움직였다는 건 헤라클래스의 정보력이 막강하다는 뜻이다.

설령 최치우가 어나니머스에 거금을 주고 정보를 산 게 알려져도 아무 문제없다.

그만한 자금력을 동원해 정보를 구하는 것도 능력이다.

최치우가 원했던 대로 헤라클래스는 섣불리 건드리기 힘든 존재로 우뚝 섰다.

그만큼 올림푸스에서 개발하는 광산들도 반군들의 공격에서 자유로워질 것이다.

헤라클래스는 분명한 메시지를 던졌다.

우리를 건드리면 적당히 싸우는 게 아니라 몰살을 시켜 버린다.

모든 걸 잃을 각오를 하고 덤벼라.

그 메시지 앞에서 함부로 움직일 게릴라 반군은 많지 않을 것이다.

아무리 뒤에서 무기와 돈을 지급해도 마찬가지다.

원래 반군들의 수장은 호의호식하며 자기 목숨을 무엇보다 아낀다.

그들에게 있어 어느 날 갑자기 나타난 헤라클래스는 공포스러운 존재였다.

뿐만 아니라 아프리카의 사설 무장 단체도 헤라클래스를 인식하기 시작했다.

드넓은 아프리카 대륙에는 헤라클래스 같은 사설 무장 단체가 난립하고 있다.

서로 같은 사건에 엮이면 무장 단체끼리 비공식적으로 총격전을 벌이는 경우도 생긴다.

게릴라 반군이나 테러리스트를 상대한다는 목적은 같지만, 잠재적 경쟁자인 것이다.

그렇기에 헤라클래스의 등장은 여러 사람을 긴장시킬 수밖에 없었다.

혼돈의 대륙 아프리카에 새롭고 강력한 태풍이 나타났기 때문이다.

"잔금까지 입금 완료. 이만하면 일 처리가 아주 빠르군."

직접 남아공에 와 헤라클래스를 지휘한 최치우는 만족스러운 얼굴로 보고를 받았다.

남아공 정부에서 약속한 전투 보상금을 100% 입금시켰기 때문이다.

보통 정부는 최대한 늦게, 그리고 적은 돈을 주려 애쓴다.

어느 나라건 마찬가지다.

하지만 이번에는 달랐다.

남아공 정부는 엄밀히 말해 헤라클래스의 전공으로 잔뜩 생색을 냈다.

물론 흔히 있는 일이지만, 어떻게든 거래를 빨리 마무리하고 싶을 수밖에 없다.

그래서 막대한 금액과 빠른 입금으로 성의를 보인 것이다.

최치우는 아프리카 법인의 계좌에 찍힌 금액을 다시 한번 확인했다.

게릴라 반군 하나를 섬멸하면 광산 하나와 맞먹는 돈을 벌수 있다.

이만하면 헤라클래스를 단순히 호위 부대로 쓰긴 아까웠다.

당장은 힘들어도 점차 규모가 커지면 아프리카의 반군들을 쓸어 담는 유격대가 될 지도 모른다.

최치우는 세계평화유지군을 비롯해 그 어떤 나라의 군대도 해내지 못한 일을 꿈꾸고 있었다.

"우선 먼저 해야 할 게 남았지."

그의 목소리가 낮게 깔렸다.

테스트를 당했으니 똑같이 돌려줘야 한다.

가만히 당하고만 있으면 최치우가 아니다.

최치우는 레드 엑스를 공격하기 전, 어나니머스 인도 지부장에게 받은 극비 파일을 열었다.

올림푸스의 남아공 법인 사무실에서 세상을 지배한다고 자부하는 네오메이슨을 향한 반격이 준비되고 있었다.

*   *   *

"200만 달러, 그러니까 24억을 주고 얻어낸 정보가 이게 전부입니까?"

임동혁은 24억이라는 큰돈이 아까운 듯 분한 표정을 지었다.

하지만 최치우는 눈썹도 까딱이지 않았다.

에릭과 관련된 정보를 캐내는 데 200만 달러를 썼지만, 앞으로도 그 이상의 돈을 지출할 용의가 있기 때문이다.

"이만하면 200만 달러의 가치는 충분합니다. 이걸 바탕으로 2,000만 달러가 넘는 타격을 입혀야죠."

"에릭 한센의 성장 배경, 가족 관계, 그리고 몇몇 가족들이 운영하는 회사의 자금 운용 내역과 투자 상황. 이걸로 대체 뭘 할 생각인지 모르겠습니다."

"딱 보면 답이 나올 텐데요. 가장 약한 부위가 어디인지."

"음……."

임동혁이 흥분을 가라앉히고 데이터를 다시 검토했다.

매번 최치우에게 구박을 받지만, 저래 보여도 어려서부터 경영 수업을 받은 재벌 2세다.

그는 얼마 지나지 않아 최치우가 말한 부분을 캐치했다.

"찾았습니다. 에릭의 여동생이 운영하는 의류회사. 공장이 베트남에 있는데… 자금 회전이 수상합니다."

"역시 중요할 땐 해내는 임 이사님."

"칭찬은 고맙습니다만, 이 회사를 건드리려는 겁니까?"

"한번 두고 봅시다. 여동생의 회사가 날아가면 에릭이 어떻게 나오는지. 그가 흥분하고 화를 낼수록 숨겨둔 패를 많이 꺼내게 되겠죠."

"에릭 한센은 뉴욕, 런던, 홍콩, 어디서든 인정받는 최고의 투자자입니다. 그와 척을 져서 우리에게 돌아오는 이익이 무엇입니까? 에릭이 본격적으로 자금을 움직이고, 기관을 동원해 M&A 압박을 시작하면 후폭풍이 엄청날 겁니다."

"올림푸스의 지분은 내가 51%를 갖고 있으니 에릭의 전매특허인 적대적 M&A 공격을 크게 신경 쓰지 않아도 됩니다. 그리고 에릭은, 또 그를 괴물로 키워낸 세력은 우리의 가장 큰 적이 될 겁니다. 원하든, 원하지 않든."

최치우는 이미 네오메이슨에 선전포고를 했다.

유영조 대통령에게 이야기를 듣지 않았어도 언젠가는 네오메이슨과 부딪칠 운명이었다.

최치우가 바로 서양이 주도하는 세계 질서, 네오메이슨이 지배하는 세계의 룰을 거스르는 혁신가이기 때문이다.

아직 임동혁에게까지 너무 원대한 이야기를 해줄 필요는 없다.

모든 일에는 때가 있다.

지금은 시기상조다.

임동혁은 최치우를 절대적으로 신뢰하기에 툴툴거려도 할 일은 다 한다.

이로서 반격의 서막이 열렸다.

최치우는 에릭의 손가락을 쳐내고 그의 반응을 지켜볼 생각이었다.

헤라클래스 대원 두 명의 목숨값을 레드 엑스의 섬멸로 받아냈지만, 진짜 배후는 에릭일 가능성이 높다.

그렇다면 에릭에게서도 응분의 대가를 받아내야 한다.

진짜 반격을 앞둔 최치우의 심장이 기분 좋게 뛰고 있었다.

2장

아픈 손가락

  에릭 한센은 어린 시절 교통사고로 부모를 잃었다.

  그러나 생계를 걱정할 필요는 없었다.

  한센 가문은 미국의 서부 개척 시대부터 일찍 이민을 와 자리를 잡은 신흥 로열패밀리다.

  게다가 노르웨이 본국에도 막강한 재력가들이 한센 가문과 핏줄로 연결돼 있다.

  미국에 있는 에릭의 친척들은 부모 잃은 남매를 방치하지 않았다.

  그의 고모, 이모, 사촌 형제들은 에릭이 부모의 유산을 무사히 상속받을 수 있도록 후견인 노릇을 해줬다.

  영화에 나오는 것처럼 상속 재산을 노린 싸움 따위는 일어나지 않았다.

군이 에릭의 재산을 탐내지 않아도 될 만큼 한센 가문 전체가 부유했기 때문이다.

부모를 잃은 에릭은 감정 표현을 극도로 절제하게 됐고, 천재적인 능력을 보이며 하버드에 조기 입학 한다.

그는 성년이 되자마자 부모의 재산을 상속받아 금융 투자에 뛰어들었다.

이후로는 모두가 아는 대로 기업 인수 합병의 역사를 새로 썼다.

에릭은 세계적인 금융 위기가 터졌을 때 헐값에 나온 매물들을 무작정 사들였고, 피도 눈물도 없는 구조 조정을 감행해 불황을 견뎌냈다.

이후 경기가 회복되면 헐값에 사서 억지로 버틴 기업을 몇 배 비싼 가격으로 되팔았다.

말은 쉽지만 과감한 결단력과 구조 조정 능력이 뒷받침되지 않으면 패가망신하기 딱 좋은 투자 방법이다.

그러나 에릭은 경기 회복 싸이클을 완벽하게 예측하며 승승장구했다.

물론 M&A 과정에서 살인적 구조 조정에 내몰리는 직원들의 삶은 파탄이 났지만, 에릭 한센은 조금도 신경 쓰지 않았다.

때문에 월가에서는 에릭을 천재 투자자로 추앙하는 사람도 있는 반면, 악마 경영자로 비난하는 목소리 역시 잦아들지 않고 있다.

최치우는 에릭 한센이 건드리는 M&A마다 성공시킨 비결이 따로 있을 거라 생각했다.

아무리 대단한 천재라도 자칫하면 모든 걸 잃는 투자에서 100% 성공할 수는 없다.

그런데 에릭의 초창기 투자 패턴은 과감해도 너무 과감했다.

마치 누가 불황에 사기 좋은 기업을 알려주고, 언제쯤 경기가 회복되는지 예지라도 해준 것 같았다.

아직은 가설에 불과하지만, 아마 네오메이슨이 에릭에게 도움을 줬을 것이다.

한센 가문 전체가 네오메이슨의 멤버일 확률도 높다.

그들은 천재적 지력과 사이코패스 같은 냉정함을 지닌 에릭을 얼굴로 내세웠다.

어쩌면 에릭이 부모를 잃었기에 더욱 조종하기 쉽다고 여겼을지 모른다.

아무튼 에릭 한센은 유태인 못지않은 돈을 주무르는 거물이 됐다.

그는 일관되게 돈만 좇는다.

전기차 회사를 인수했지만, 전기차 기술 발전이나 친환경 등에는 일말의 관심도 없다.

직원들의 미래 역시 안중에 두지 않는다.

오직 이슈를 만들어 시가총액을 높이고, 구조 조정을 통해 비용을 줄인다.

그렇게 한껏 몸값을 부풀려 회사를 매각하면 그만이다.

탐욕의 결정체인 에릭 한센의 실상을 아는 사람들은 그를 비난하고 저주한다.

하지만 대중은 복잡한 진실에 관심이 없고, 에릭을 욕하는 사람들도 감히 그에게 덤비지 못한다.

"우선은 포커페이스 뒤에 숨겨진 민낯을 봐야겠지."

최치우는 텅 빈 올림푸스 여의도 사무실에 서 있었다.

일요일 저녁이기에 당직을 서는 직원들도 모두 퇴근했다.

혼자 한강과 서울 시내를 내려다보며 생각을 정리하기 딱 좋았다.

"원래부터 냉혈한이었는지, 아니면 부모를 잃고 감정을 상실한 건지 몰라도… 유일한 직계 가족인 여동생을 각별히 여기는 건 분명해."

어나니머스가 에릭의 감정까지 조사해 주진 않았다.

그러나 데이터를 유심히 관찰하면 숨어 있는 감정을 파악할 수 있다.

에릭과 달리 그의 여동생은 공부나 경영에 재능이 없었다.

대학교 역시 기부 입학이라는 편법을 이용해 주립대 졸업장을 땄다.

이후 소소하게 시작한 사업은 모두 실패했다.

하지만 에릭은 여동생이 원하는 사업이라면 무조건 투자를 해줬다.

결국 그의 여동생은 에릭의 든든한 후원을 받아 패션사업에 정착했다.

에릭의 인맥으로 헐리웃 배우와 셀렙들이 옷을 입어주고 홍보해 준 결과였다.

나름 준 명품으로 성공을 거뒀지만, 그래봐야 에릭 입장에서는 새 발의 피다.

딱히 이익은 안 나는데 신경 써야 할 일은 많다.

그럼에도 불구하고 에릭이 여동생의 사업을 계속 후원한다는 건 가족의 정 때문일 것이다.

최치우는 바늘로 찔러도 피 한 방울 안 나올 것 같은 에릭의 약점이 여동생이라고 확신했다.

우웅— 우우웅—

그때 주머니 속 스마트폰이 울렸다.

최치우는 여의도 전경을 내려다보며 전화를 받았다.

"여보세요."

—최 대표님, 저 국제일보의 김태형 기자입니다.

"김 기자님. 지금 해외이신 거죠?"

—네, 아직 귀국 전입니다. 런던에 도착해서 바로 전화드렸습니다. 대표님께서 궁금해하실 거 같아…….

"감사합니다. 이 보답은 오래오래 하겠습니다."

—하하하! 아닙니다. 저는 대표님을 도울 수 있어 영광입니다.

국제일보는 국내 유수의 언론 중에서 외국 뉴스를 가장 많이 다루는 신문이다.

그래서 다수의 기자들이 해외에 특파원으로 진출해 있다.

최치우는 국제일보에서도 알아주는 특종 메이커인 김태형

기자와 심상치 않은 대화를 이어갔다.

─대표님께서 주신 정보를 바탕으로 파보니 수상한 점이 여럿 나왔습니다. 퍼즐을 조금 더 맞춰야겠지만, 조세회피처를 이용한 건 확실합니다.

김태형 기자의 입에서 최치우가 기다리던 말이 나왔다.

최치우는 속으로 쾌재를 불렀다.

'잡았다!'

하지만 겨우 이 정도로 기뻐하기엔 이르다.

최치우는 조용히 미소를 지으며 대답했다.

"김 기자님, 올림푸스가 국제일보에 광고를 좀 넣어야겠습니다. 기자님 때문이라고 광고국에 잘 말해둘 테니 생색 많이 내세요."

─앗, 정말 감사합니다. 그렇게까지 안 해주셔도…….

"오는 게 있으면 가는 게 있어야죠. 오래 가려면 기브 엔 테이크가 확실해야 합니다."

─역시 대표님은 다르십니다. 최대한 빨리 조사를 마무리 짓고 연락드리겠습니다.

"어떤 언론에 터뜨리면 좋을지, 그것도 고민해 주세요."

─네!

김태형 기자는 마치 최치우의 부하 직원이라도 된 것처럼 충실히 대답했다.

최치우가 그에게 제공한 혜택이 적지 않기 때문이다.

전화를 끊은 최치우의 얼굴에 떠오른 미소가 더욱 짙어졌다.

"기대해, 에릭."

남아공에서 레드 엑스를 몰살시키고 돌아온 최치우는 곧바로 더 큰 싸움을 시작했다.

곧 소리 없는 총격이 에릭 한센을 향해 쏘아질 것 같았다.

*   *   *

뉴욕 타임즈와 워싱턴 포스트에서 미끼를 물었다.

국제일보의 김태형은 특종을 기꺼이 양보했다.

애초부터 최치우가 건네준 정보가 없었다면 파고들기 힘든 사건이었다.

더구나 최치우는 김태형이 국제일보의 유럽 담당 편집장으로 승진할 수 있도록 지원을 약속했다.

그뿐이 아니었다.

김태형은 특종을 넘기며 뉴욕 타임즈와 워싱턴 포스트의 기자들에게도 빚을 지웠다.

요목조목 따져도 김태형 입장에서는 톡톡히 남는 장사였다.

최치우도 흐뭇하게 사건의 추이를 지켜봤다.

뉴욕 타임즈와 워싱턴 포스트는 서로 경쟁하듯 1면 톱기사로 특종을 다뤘다.

헤드라인도 섹시했다.

〈1% 슈퍼 리치의 탐욕, 그 끝은 어디인가?〉

금융 재벌로 유명한 에릭 한센의 여동생 델피 한센은 물려
도 단단히 물렸다.

그녀는 조세 피난처인 버진 아일랜드에 유령 회사를 세워 거
액을 탈세하고, 회사의 공금을 사적으로 횡령했다.

델피 한센이 돈이 없어서 탈세와 횡령을 했을 리 없다.

그러나 세계적인 거부들도 세금 내는 걸 무지하게 아까워한다.

오죽하면 프랑스 최고의 재벌은 국적을 세금이 적은 벨기에
로 바꾸겠다고 공언할 정도다.

델피 역시 간단하지만 치명적인 유혹에서 벗어나지 못한 것
이다.

상상하기 힘든 수준의 사치를 즐기다 보면 때때로 현금이
부족해질 수도 있다.

그때 누군가 조세 피난처를 통한 탈세와 횡령 방법을 알려줬
을 것이고, 경영 능력이 떨어지는 델피가 단독으로 저지른 범
행 같았다.

에릭이 직접 맡았다면 이토록 허술하게 구멍이 숭숭 날 리
없다.

아마 에릭도 여동생의 일탈을 뉴스로 접하고 적잖이 당황했
을 것이다.

그렇게 신경을 많이 써줬는데 이런 사고를 칠 거라고 예상이
나 했겠는가.

이제는 에릭 한센이 나서도 쉽게 수습하기 힘들다.

뉴욕 타임즈와 워싱턴 포스트 1면에 기사가 난 이상 미국 검찰도 수사를 할 수밖에 없다.

언론은 1%의 탐욕으로 초점을 맞췄고, 여론 또한 불처럼 타올랐다.

인맥과 돈으로 무마하기엔 사건이 너무 커졌다.

델피 한센 때문에 에릭 한센의 이름도 덩달아 거론되며 한센 가문이 주목을 받았다.

최치우는 단순히 에릭의 여동생은 건드려 소소한 복수 따위나 하려는 게 아니었다.

지금 같은 상황에서 에릭이 어떻게 나올지, 또 그의 뒤에 있는 한센 가문과 네오 메이슨은 어떻게 나올지 확인하려는 것이다.

지피지기면 백전백승이라는 절대적인 전략대로 적을 알아가는 과정이다.

"어떻게 될 것 같습니까?"

최치우는 대표실에 앉아 임동혁에게 질문을 던졌다.

미국의 패션 사업가인 델피 한센의 탈세와 횡령을 터뜨린 장본인이 최치우란 걸 아는 사람은 극소수다.

보통 사람들은 상상조차 못 할 것이다.

임동혁은 진지한 얼굴로 곧 벌어질 일들을 예견했다.

"미국 법원이 중형을 선고할 가능성이 높습니다. 가뜩이나 월가에 대한 반감이 커지고 있는데, 위험한 타이밍에 델피 한센이 본보기로 걸렸습니다."

"얼마나 나올까요?"

"5년 이상 부를 것으로 봅니다."

미국 법은 확실히 무섭다.

우리나라 같으면 재벌이 탈세나 횡령을 해도 웬만하면 집행 유예로 풀려난다.

성범죄나 살인의 형량도 크게 높지 않다.

그러나 미국에서 큰 죄를 지으면 평생 감옥에서 썩어야 한다.

대신 미국은 보석 제도가 성행하고 있다.

최치우는 델피 한센이 1년 정도 형을 살고 보석으로 나올 거라 예상했다.

"보석으로 풀려나도 평생 상류층으로 살아온 철없는 아가씨가 감옥 생활에 적응할 수 있을까요?"

"힘들 겁니다. 아주 많이."

"그걸 지켜보는 에릭의 마음도 힘들어지겠군요."

이럴 때 보면 최치우 역시 찬바람 풀풀 날리는 냉혈한 같았다.

그는 한번 적으로 인식한 사람에게는 감정을 두지 않는다.

전쟁터에서 내가 먼저 칼을 거두면 적의 칼에 등을 찔리게 마련이다.

최치우는 인간의 잔인한 본능을 누구보다 깊이 경험해 봤다.

"어쨌든 델피 한센의 패션 회사는 무너지게 생겼고, 가문의 명예에도 먹칠을 했는데…… 이걸 어떻게 수습하려나."

마음 같아선 당장 뉴욕으로 날아가 에릭의 얼굴을 보고 싶었다.

그가 뉴욕 타임즈 기사를 보며 어떤 표정을 지을지 궁금했다.

프로메테우스를 구입했냐고 물어볼 때보다 10배는 더 짜릿할 것 같았다.

짝!

최치우는 손뼉을 치며 자리에서 일어났다.

"얼른 에릭에게 알려줘야겠습니다."

"무엇을 말입니까?"

"이거 내 작품이라고 말해줘야죠. 그래야 에릭이 제대로 반응하지 않겠어요?"

임동혁은 고개를 절레절레 내저었다.

재계 최악의 망나니로 유명했던 임동혁이지만, 최치우 앞에서는 명함도 내밀기 힘들었다.

"그거 압니까? 뭔가에 한번 꽂힌 대표님은 진짜 미친놈 같다는 거."

"칭찬으로 듣죠."

"당연히 칭찬입니다."

내내 무표정하던 임동혁이 미소를 지었다.

그가 처음 최치우에게 끌렸던 것도 광기(狂氣)를 알아봤기 때문이다.

천방지축의 망나니 임동혁이 인정하는 유일한 남자 최치우는 한 걸음 더 과감하게 나아갔다.

"만약 에릭이 흔들리면⋯⋯."

"흔들리면?"

"이 기회에 그가 가장 신경 쓰는 사업을 공격합시다."

최치우는 빈틈이 보이면 놓치지 않고 물어 뜨는 맹수를 닮았다.

델피 한센의 일로 에릭이 작은 틈이라도 노출한다면, 그는 뼈아픈 상처를 입게 될 것이다.

최치우는 단순한 반격이 아닌, 올림푸스의 영향력을 한층 키울 작정을 했다.

판이 점점 커지고 있었다.

*   *   *

최치우는 복수에만 전념하지 않았다.

사실 복수라는 단어를 붙이기도 애매했다.

아직 본격적인 난타전은 시작도 안 했기 때문이다.

네오메이슨의 실체를 완벽히 파악한 다음에야 전면전이 벌어질 것이다.

지금 에릭 한센과 공격을 주고받는 건 전면전까지 가는 과정이다.

그러면서 동시에 올림푸스를 더욱 강하고 튼튼하게 키워야 한다.

올림푸스는 미쓰릴 발굴과 프로메테우스 개발이라는 두 가지 프로젝트를 성공시키며 급부상했다.

순식간에 뉴욕 증시에서 30억 달러, 우리 돈 3조 원의 가치를 인정받는 글로벌 기업이 된 것이다.

거기에 더해 최치우는 난민들에게 식수를 공급하며 브랜드 이미지를 끌어 올렸고, 남아공의 광산 20개를 양도받았다.

첫 번째 광산은 이미 채굴에 들어갔고, 두 번째 광산도 준비를 끝냈다.

머지않아 아프리카 남단, 남아공의 광산 지대에서 막대한 현금이 쏟아질 것이다.

백금, 구리, 아연, 철광 등 남아공에 묻힌 천연자원들은 무궁무진한 가치를 지니고 있다.

그렇기에 남아공 정부는 당장 광산을 개발할 여력이 부족해도 아무 회사에게나 권리를 양도하지 않는다.

최치우는 난민 수용소 지원과 전 세계 모든 거물들이 원하는 해독제 P—1을 선물로 주고 개발권을 따낸 것이다.

당연히 남아공 정부와 수익을 나눠야 하지만, 이제까지 만져 보지 못한 돈이 지속적으로 공급될 것은 자명한 사실이었다.

그렇게 쏟아질 현금을 어디에 쓸지 결정해야 한다.

단순히 회사 계좌에 돈을 쌓아두고 배당이나 늘리는 건 최치우 스타일이 아니다.

수익의 절반 정도는 3차, 4차 광산 개발 사업과 헤라클래스 육성에 투자되겠지만, 나머지 돈으로 무엇을 할지 선택은 온전히 최치우의 몫이었다.

"슬슬 또 한 번 세계를 깜짝 놀라게 해줄 타이밍이 됐군요. 그렇지 않습니까?"

최치우는 팀장들이 모인 회의에서 입을 열었다.

회의실 원탁에 앉은 팀장들은 눈을 동그랗게 떴다.

그들의 심정을 이사인 임동혁이 대변했다.

"보통 회사는 단 한 번도 세상을 놀라게 못 하는데… 우린 그걸 1년에 1번 아니면 2번 해내고 있습니다."

"그러니까 신들의 세계, 올림푸스죠. 평범한 회사랑 똑같이 놀 거면 올림푸스가 아닌 오성그룹에 들어가는 게 낫지 않겠어요."

최치우가 피식 웃으며 대답했다.

오성그룹은 대한민국, 아니 아시아 최고의 회사다.

시가총액만 무려 350조 원에 이른다.

하지만 딱딱하고 보수적인 기업 문화를 가진 편이다.

최치우는 오성을 마치 옆 동네 구멍가게 이야기하듯 언급하고 있었다.

지금은 시총이 100배 넘게 차이나지만, 어차피 곧 따라잡을 거라 확신하기 때문이다.

"우선 곧 미국에 다녀올 겁니다. 펜타곤에 방문해 그동안의 연구 성과를 체크하고, 관련해서 함께 진행할 프로젝트가 있을지 알아보겠습니다. 또 몇 개의 신사업 후보가 있는데… 미국에서 검토해 보죠."

최치우는 자신의 계획을 팀장들에게 알렸다.

그는 일본 도쿄대에서 가져온 세계의 미스테리 데이터를 소중히 보관 중이다.

리스트에서 미쓰릴 이상의 가치를 지닌 프로젝트를 살펴보고, 가능성이 있으면 과감하게 뛰어들 작정이었다.

"일정은 어떻게 픽스할까요, 대표님?"

최치우의 이야기를 들은 비서팀장이 질문을 했다.

회사 규모가 커지면서 최치우와 임동혁, 그리고 핵심 관계자들의 일정을 관리할 비서들이 필요해졌다.

사람들이 잘 모르지만 비서는 전문성을 요하는 직업이다.

다행히 한영 그룹의 비서실에서 꼭 필요한 인력을 빼올 수 있었다.

올림푸스가 일방적으로 한영 그룹의 인적 자원을 빌려오는 건 아니다.

대기업 그룹이 커지면 승진이 늦어지고 부서가 비대화되는 경우가 많다.

그럴 때 올림푸스에서 인력을 흡수해 준다.

서로 필요에 의해 윈윈(Win—Win)하는 셈이다.

또박또박한 발음으로 말문을 연 비서팀장도 한영 그룹의 회장을 5년 넘게 수행한 경력자다.

30대 후반의 나이, 매서운 눈초리를 가진 그녀는 올림푸스의 안살림을 살뜰하게 챙기고 있다.

"이번 주말에 출국할 건데, 말하는 게 너무 늦었죠? 비행기 티켓이 있으려나 모르겠군요."

"걱정 안 하셔도 괜찮습니다, 대표님. 퍼스트 클래스 티켓은 항상 오픈되어 있어요."

"그럼 부탁해요. 귀국 일정은 유동적으로. 현지에서 연락할게요."

"네. 다음 주 대표님의 국내 일정은 전부 양해를 구하고 캔슬하겠습니다."

"나 때문에 우리 팀장님이 여기저기서 아쉬운 소리 많이 들을 텐데, 잘 부탁합니다."

"무슨 말씀을요. 이게 제 일인데요."

그녀는 비서팀 직원들에게 까랑까랑한 마녀로 불리지만, 최치우 앞에서는 한없이 친절했다.

단순히 회사 대표에게 잘 보이려는 게 아니다.

다들 최치우라는 살아 있는 전설을 존경하기에 나오는 반응이다.

최치우는 올림푸스 그 자체나 다름없었다.

"자, 그럼 다음은 홍보팀. 내가 펜타곤에 공식 방문하는 거 보도 자료로 만들어서 뿌리면 우리 주식이 좀 오르겠죠?"

"내일까지 국문과 영문 버전 준비해서 대표님께 보여 드리겠습니다."

"좋습니다. 내가 없는 동안 백승수 팀장이 남아공의 이시환 본부장과 매일 커뮤니케이션 책임지는 걸로 하고."

"넵!"

최치우의 지목을 받은 백승수가 안경을 치켜올리며 대답

했다.

이후로도 최치우는 팀장들에게 업무 지시를 내렸다.

올림푸스는 미지의 신비를 발견하는 회사다.

따라서 최치우가 자리를 비우고 해외나 오지를 돌아다닐 때가 많다.

앞으로도 점점 사무실을 비우는 시간은 늘어날 것이다.

그렇기에 팀장들이 직원들을 이끌고 알아서 일을 잘 해줘야 한다.

전쟁으로 치면 최치우는 군주인 동시에 선봉장이다.

그가 내정에 신경 쓸 필요 없이 앞만 보고 진격해야 올림푸스의 영토가 넓어질 수 있다.

최치우는 마지막으로 임동혁을 불렀다.

"임 이사님, 잘 부탁합니다."

굳이 긴 말이 필요하지 않았다.

매번 구박을 일삼지만, 임동혁은 최치우의 가장 중요한 파트너가 됐다.

최치우가 없을 때는 임동혁이 올림푸스의 리더다.

아드레날린 중독자인 그는 종종 미친 짓을 하지만, 올림푸스 일이라면 끔찍하게 챙겼다.

"뭘 또 쑥스럽게 그런 말씀을 하십니까."

임동혁은 팀장들 앞에서 특별히 지목을 받은 게 부끄러운 듯 손을 내저었다.

최치우는 원탁에 둘러앉은 임동혁과 백승수, 다른 팀장들을 바라보며 가슴을 활짝 폈다.

자리를 비워도 크게 걱정하지 않아도 될 것 같았다.

그는 미국에서 마음껏 활개 치며 올림푸스의 새로운 비전을 찾아낼 것이다.

더불어 아끼는 여동생을 감옥에 보내게 된 에릭의 동향도 파악할 계획이었다.

최치우의 마음은 이미 뉴욕의 콘크리트 정글을 헤집고 있었다.

*　　　　*　　　　*

마음 같아선 뉴욕행 비행기를 먼저 타고 싶었다.

그렇지만 일의 우선순위는 분명하다.

최치우는 워싱턴 D.C로 날아가 펜타곤이 자리 잡고 있는 엘링턴으로 이동했다.

미국의 국방력은 세계 1위다.

더구나 2위부터 10위까지 모든 국가의 국방력을 합쳐도 미국을 능가한다고 섣불리 장담할 수 없다.

전 세계와 전쟁을 벌일 수 있는 유일한 국가.

그 압도적 무력의 정점이 바로 펜타곤이다.

최치우는 펜타곤 소속이 아니면서 오각형의 성채 안으로 자유롭게 드나들 수 있는 유일한 한국인이다.

그가 외부인의 출입이 금지된 극비 구역으로 들어서자 익숙한 얼굴이 보였다.

한국에서 미쓰릴을 테스트했던 천재 요원, 잭 앤더슨이 최치우를 기다리고 있었다.

"오랜만입니다."

잭이 먼저 인사를 건넸다.

최치우는 웃으며 고개를 끄덕였다.

"좋은 소식이 있다고 들었습니다."

"직접 확인하는 게 빠를 것 같습니다."

"바라던 바."

마치 테니스를 치는 것처럼 짧은 대화가 훅훅 오갔다.

둘은 사적인 감정을 배제한 채 필요한 이야기만 나누려 작정한 사람들 같았다.

물론 그만한 이유가 있었다.

펜타곤에서 드디어 가시적인 성과를 냈다고 연락했기 때문이다.

잭을 필두로 펜타곤의 기라성 같은 천재 요원들은 최치우가 브라질에서 찾아낸 미쓰릴을 이용해 온갖 연구를 시도했다.

그러나 미쓰릴은 이전까지 전혀 알려지지 않았던 신금속이다.

때문에 세계 최고의 전문가들이 모인 펜타곤에서도 수많은 시행착오를 거쳐야 했다.

하지만 그들은 결국 해결책을 찾은 것 같았다.

최치우는 미쓰릴의 특성을 실제로 활용할 수 있다는 연락을 받고 미국행을 결심했다.

펜타곤의 성과는 올림푸스와 함께 나눠야 한다.

그것이 미쓰릴을 제공하며 맺은 기술 제휴의 핵심 내용이었다.

저벅저벅—

조용한 복도 위로 발자국 소리만이 울렸다.

벌써 몇 번을 와봤지만 펜타곤 극비 구역의 지리는 익숙해지지 않았다.

올 때마다 매번 구조가 미로처럼 바뀌는 것 같았다.

삐릭! 삐리리릭!

또 하나의 감식 기계가 잭 앤더슨의 홍채를 인식했다.

곧이어 굳건히 닫혀 있던 철문이 좌우로 열리며 밀실이 드러났다.

최치우와 잭 앤더슨, 그리고 안내를 맡은 요원까지 모두 3명이 밀실 안으로 들어섰다.

그 즉시 철문이 다시 잠겼다.

치이익— 철커덩!

여기서는 어떤 자료를 빼 가는 것도 불가능하지 싶었다.

사실 최치우는 괜한 도전 의식을 느꼈다.

그러나 호기심으로 호승심을 잠재웠다.

"홀로그램으로 보여 드리겠습니다."

잭 앤더슨은 시간을 끌지 않았다.

그는 밀실 구석의 관제 장치에서 복잡한 버튼을 눌렀다.

곧바로 반대편에 3D 홀로그램 화면이 떠올랐다.

"영화를 보는 기분이군요."

"영화보다 더한 걸 보게 될 겁니다."

잭이 자신만만하게 말했다.

실제로 홀로그램이 헐리웃 영화보다 더 박진감 넘치는 장면을 재생하기 시작했다.

지이이잉— 퍼어엉!

홀로그램으로 재현된 미군이 초소형 폭탄을 터뜨렸다.

하지만 실제 폭발은 일어나지 않았다.

대신 충격파가 사방으로 퍼져 나가는 게 흐릿하게 보였다.

이후 미군이 총을 꺼내 발사했다.

이윽고 놀라운 일이 벌어졌다.

타앙— 퍼펑!

방아쇠를 당기자마자 총이 터지며 폭발한 것이다.

총을 쏜 홀로그램 속 미군은 순식간에 팔을 잃었다.

"이거… 펜타곤을 인정할 수밖에 없어. 정말 대단하군."

최치우는 어떤 상황인지 바로 이해했다.

잭은 그런 최치우가 놀라운 듯 눈살을 찌푸렸다.

"알아보겠습니까?"

"미쓰릴의 특성을 이용해 소형 폭탄을 만든 거 같습니다만. 폭발 대신 EMP 같은 충격파가 일정 범위, 일정 시간 동안 형성되고… 그 안에서는 총기나 폭탄류를 사용하면 즉각 반발력으로 폭발이 일어나는 걸로 보이는군요."

"한 번에 특성을 알아보다니……. 역시 미쓰릴을 찾아낸 사람은 다르네요."

잭은 감탄을 숨기지 않았다.

최치우의 말이 정확했기 때문이다.

"보충 설명을 하자면 최대 시전 범위는 100㎡, 최대 시전 시간은 3분입니다. 미쓰릴의 성분을 분석해 초음파와 감응시켰고, 특정 주파수에서 예측 불가능한 자기장을 형성한다는 사실을 알아냈습니다. 그러한 연구 결과를 바탕으로 바로 이것, 미쓰릴 필드를 개발하게 됐습니다."

미쓰릴 필드.

나쁘지 않은 이름이었다.

100㎡면 30평이다.

엄청나게 넓지는 않아도 충분한 공간이다.

30평의 공간에서 3분 동안은 총이나 폭탄 등 현대 과학이 발명한 무기를 쓸 수 없다.

만약 사용하게 되면 즉시 반발력으로 폭발해 시전자가 죽거나 다친다.

펜타곤은 미쓰릴을 바탕으로 엄청난 신무기를 개발해 냈다.

물론 미쓰릴 필드는 자체 살상력을 갖고 있지 않다.

고작 30평의 범위와 3분의 지속 시간으로 실전에서 어떤 효과를 거둘 수 있을지 미지수다.

하지만 이전까지는 상상도 하지 못한 발명에 성공한 것이다.

최치우는 먼 미래를 상상해 봤다.

하늘에서 폭격기가 폭탄 대신 미쓰릴 필드를 떨어뜨린다.

그럼 폭격을 맞은 지역은 일시적으로 현대 무기를 사용할 수 없게 된다.

적들의 미사일이나 대전차포 등 온갖 무기를 무력화시킬 수도 있다.

당장은 불가능한 이야기지만, 일단 미쓰릴 필드가 개발된 이상 충분히 실현 가능성이 있는 그림이다.

민간인들도 미쓰릴 필드를 사용하면 총을 든 테러리스트나 반군의 위협에서 잠시나마 벗어나 저항할 수 있다.

그때 잭의 목소리가 최치우의 상념을 깨웠다.

"아시겠지만, 상용화까지는 어떤 변수들이 작용할지 모릅니다. 현재로서는 제작에도 너무 많은 비용이 들어가고, 지속 범위와 시간 역시 만족스럽지 못합니다. 게다가 불량이 나올 확률 또한 상당히 높습니다. 원활한 개발을 위해서는 실전에서 사용하며 체크를 해야 하는데⋯⋯. 사담 후세인 사살 작전 이후 미군 특수부대도 실전 투입율이 극히 떨어진 상황이라 마땅한 테스트 샘플을 찾기 힘듭니다."

잭은 펜타곤의 기술력을 보여준 동시에 한계점을 솔직히 터놓았다.

그는 최치우가 미쓰릴이라는 마법 같은 신금속을 발견해 가져왔듯 참신한 해결책을 알려주길 기대하고 있었다.

과연 최치우에게 마땅한 대안이 있을까.

씨익—

그의 입꼬리가 올라갔다.

최치우는 비밀스레 실전에 투입할 수 있는 병력을 보유하고 있다.

게다가 그들은 언제 어디서 무슨 일이 일어나도 이상하지 않은 아프리카를 배경으로 활동한다.

헤라클래스.

그보다 더 적합한 테스트 샘플은 없을 것이다.

"아무래도 펜타곤과 내 인연은 더욱 깊어질 것 같군요."

"네?"

잭이 눈을 빛냈다.

최치우는 확신에 찬 눈동자로 고개를 끄덕였다.

"미쓰릴 필드, 우리가 실전에서 테스트하겠습니다."

3장
기회의 땅

펜타곤에서 얻은 수확은 최치우의 기대를 훨씬 상회하는 것 이었다.

미쓰릴 필드의 제작 단가는 대략 100만 달러, 우리 돈 12억 원 정도라고 한다.

대륙간 탄도 미사일 한 발에 수천억 원이 드는 걸 생각하면 저렴하지만, 사실 12억도 엄청나게 큰 금액이다.

더구나 자체 살상력이 없고, 불량률도 높은 시험 무기다.

이제 막 테스트 샘플이 나왔기에 많이 생산할 수도 없다.

펜타곤은 미쓰릴의 성분과 초음파 반응을 유도해 획기적인 발명을 했지만, 아쉽게도 미쓰릴 자체를 복제하진 못했다.

사실 최치우는 처음부터 그들이 미쓰릴을 복제할 거라 바라지도 않았다.

마나가 아니면 다스릴 수 없는 절대 금속을 무슨 수로 창조한단 말인가.

마나라는 개념조차 모르는 현대의 지구인들이 과학으로 도달할 수 없는 영역이다.

이렇게 초음파를 이용해 미쓰릴 필드를 개발한 것만 해도 놀랍기 그지없는 성과였다.

어쨌거나 공식적인 기술 제휴 담당인 최치우는 미쓰릴 필드 두 개를 얻었다.

200만 달러짜리 극비 신무기를 선물받은 셈이다.

뿐만 아니라 펜타곤은 아프리카의 사설 무장 단체인 헤라클래스를 통해 미쓰릴 필드를 실전에서 테스트하기로 했다.

무려 10개의 미쓰릴 필드가 헤라클래스에게 지급될 것이다.

남아공 광산 지대에서 실전이 벌어지면 헤라클래스는 공급받은 미쓰릴 필드를 사용하게 된다.

그 과정에서 일어나는 모든 내용을 펜타곤에 보고하기로 했다.

잭 앤더슨은 현재 미쓰릴 필드의 오작동 확률이 50% 정도라고 밝혔다.

최치우가 받은 2개 중 1개, 그리고 헤라클래스에게 주어질 10개 중 5개는 작동하지 않을 수 있다는 뜻이다.

'돈으로 따질 수 없는 거래를 성공시켰어.'

펜타곤에서 나온 최치우는 흐뭇함을 느꼈다.

값어치로 따지면 12개의 미쓰릴 필드는 1,200만 달러다.

그러나 중요한 건 테스트용으로 제공받은 미쓰릴 필드의 가격이 아니다.

최치우와 헤라클래스가 펜타곤이 개발한 신무기를 세상에서 처음 사용하게 된 것이다.

이로서 올림푸스와 펜타곤은 더욱 깊은 파트너십을 맺게 됐다.

말뿐인 기술 제휴가 아니었다.

최치우는 현존하는 세계 최강의 무력 집단을 보다 확실한 아군으로 만든 셈이다.

물론 펜타곤 내부의 정치도 복잡하다.

어디선가 갑자기 나타난 동양인 최치우와의 협력을 싫어하는 무리도 분명히 있다.

그러나 미쓰릴과 관련해선 최치우가 주도권을 갖고 있고, 루이스 고어 국방부 장관 역시 그의 손을 들어줬다.

'미쓰릴 필드만 안정적으로 확보할 수 있으면… 난 이 세계에서 무적이다.'

최치우는 품에 넣은 두 개의 초소형 충격파 장치인 미쓰릴 필드를 조심스레 만졌다.

미쓰릴 필드가 발동되면 지속 범위 안에서는 철저하게 맨몸으로 싸워야 한다.

무공과 마법이라는 비장의 무기를 지닌 최치우를 대적할 사람이 없어지는 것이다.

막강한 화력으로 무장한 미군 부대 한복판에 침입해도 미쓰릴 필드를 터뜨리면 모조리 쓸어버릴 수 있다.

현대 무기를 쓸 수 없는 군인들은 아무리 많아봐야 최치우의 상대가 못 된다.

펜타곤은 최치우에게 엄청난 날개를 달아준 것이다.

정작 그들은 모르고 있었다.

이 세상에서 미쓰릴 필드의 효과를 가장 톡톡히 볼 수 있는 사람이 바로 최치우라는 사실을 말이다.

펜타곤은 최치우와 올림푸스, 그리고 헤라클래스를 이용하고 있다고 생각할 게 분명하다.

하지만 보이지 않는 비밀을 감안하면 최치우가 펜타곤을 이용하고 있었다.

그렇게 미쓰릴 필드를 손에 넣은 최치우는 가벼운 마음으로 뉴욕행 비행기를 탔다.

이제는 에릭 한센의 빈틈을 찌르고, 네오메이슨의 실체를 불러낼 시간이다.

단단히 마음을 먹고 미국에 온 만큼, 최치우는 그냥 돌아가지 않을 작정이었다.

*   *   *

2008년을 휩쓸고 지나간 세계 금융 위기 이후 많은 사람들이 상위 1%를 불신하고 있다.

물론 모두 부자라는 이유로 싫어하는 것은 아니다.

실리콘밸리의 창업가들은 여전히 엄청난 존경을 받는다.

그들에게 열광하는 팬덤이 락스타 못지않을 정도다.

하지만 차갑고 냉정한 뉴욕의 월스트릿, 월가의 금융인들은 대중의 분노를 사기 쉽다.

실리콘밸리의 CEO처럼 혁신적인 창조물을 만들지 않으면서 숫자놀음으로 막대한 돈을 번다는 오해를 받기 때문이다.

깊게 따지고 들어가면 금융의 필요성을 부정할 수 없지만, 대중의 생각이 완전히 틀린 것도 아니다.

그래서일까.

델피 한센의 탈세와 횡령으로 촉발된 뉴스는 최치우의 생각보다 더 오래 사람들 입에서 오르내리고 있었다.

한번 불이 붙은 여론은 쉽게 잦아들지 않는다.

특히 델피 한센은 평소 화려한 생활을 즐기며 셀렙들과 어울렸다.

패션업계의 대표이자 엄청난 금융 재벌의 여동생이기에 사치가 일상일 수밖에 없다.

그러나 코너에 몰리자 그녀의 사생활도 대중들의 먹잇감이 됐다.

"위기의 한센 가문이라, 그동안 어떤 신문에서도 찾아보기 힘들었던 뉴스가 등장하는군."

뉴욕에 도착한 최치우는 신문을 읽으며 흥미롭다는 표정을 지었다.

에릭 한센은 금융인이지만 열광적인 팬덤을 가진 독특한 인물이다.

전기차 기업 등을 인수하며 혁신적인 이미지를 구축했기 때문이다.

물론 그는 철저히 주식을 부풀리기 위해 전기차 기업을 인수했을 뿐, 기술 혁신에는 아무런 관심이 없다.

어쨌거나 에릭의 만들어진 이미지 자체는 월가의 탐욕스러운 금융인들과 달랐다.

그런데 델피 한센의 사건으로 에릭도 흙탕물을 뒤집어쓰게 된 것이다.

대중에게 한번 비호감으로 낙인이 찍히면 회복하기 힘들다.

그깟 이미지가 무슨 상관이냐고 물을지 모른다.

하지만 기업 오너의 이미지는 수백억, 수천억의 가치를 지니고 있다.

이 사건을 제대로 수습하지 못하면 앞으로 한센 가문이 M&A를 추진할 때마다 부정적 여론이 형성될 것이다.

당장 잃는 돈은 없어도 장기적으로 엄청난 타격이다.

최치우는 에릭 한센의 아픈 손가락을 확실히 찾아내 끊어낸 것 같았다.

"커피나 한잔해야겠어."

신문을 접은 최치우가 자리에서 일어났다.

그는 뉴욕 맨해튼의 중심부 타임스퀘어가 한눈에 내려다보이는 최고급 호텔 스위트룸에 머물고 있다.

하룻밤 숙박비가 2천만 원 정도지만, 최치우에게 그런 돈은 크게 의미가 없다.

주식 보유를 합한 그의 개인 자산이 1조 5천억 원가량이다.

올림푸스 주식이 폭락하지 않는 이상, 가만히 숨만 쉬어도 세계적인 부자의 삶을 유지할 수 있다.

원한다면 서울 한복판에 특급 호텔을 직접 지어도 된다.

그럼에도 불구하고 매일 치열하게 보내는 것은 최치우의 목표가 겨우 잘 먹고 잘 살기 정도는 아니기 때문이다.

어느 차원에서건 정점에 서는 것.

특별히 이번 차원에서는 아바타의 미션대로 세상을 구하는 기쁨을 느끼며 최고의 인간으로 역사에 남는 것.

목표 자체가 다르기 때문에 최치우의 삶도 남들과 다를 수밖에 없다.

그는 창문 너머 쏟아지는 햇살을 받으며 전화기를 들었다.

아마 에릭은 여동생 델피의 사건을 해결하기 위해 뉴욕에 있을 것이다.

[커피 한잔합시다.]

최치우는 사족을 붙이지 않고 짧게 메시지를 보냈다.

그는 이미 UN 기업가 포럼에서 네오메이슨을 향해 이빨을 드러냈다.

네오메이슨의 존재를 알고, 그들에게 대항할 의지를 보였다는 것 자체로 에릭과는 돌아올 수 없는 강을 건넌 것이다.

그런 최치우가 아무 이유 없이 커피 타임을 원한다는 건 넌센스다.

그것도 델피 한센이 탈세 스캔들에 휘말려 구속 수사를 받게 된 민감한 시기에 말이다.

에릭은 분명 반응을 보일 것 같았다.

최치우는 여유롭게 에릭의 답장을 기다리기로 했다.

지금 급하고 초조한 쪽은 최치우가 아닌 에릭 한센이다.

"일단 좀 씻을까."

폰을 탁자 위에 올려둔 최치우는 욕실로 걸어갔다.

에릭의 일이 아니더라도 뉴욕에선 많은 정보를 접할 수 있다.

여의도 증권가에 지라시가 도는 것처럼 세계 최고의 증권가인 월가 금융인들도 그들만의 지라시를 돌려 본다.

거기서 어떤 정보와 영감을 얻게 될지 모른다.

아무튼 오늘도 최치우의 하루는 바쁘게 흘러갈 것 같았다.

*   *   *

샤워를 마치고 나오니 에릭의 답장이 와 있었다.

에릭 역시 무미건조하게 본론만 보냈다.

[맨해튼 S 호텔, 프라이빗 VIP 라운지. 오후 5시.]

공교롭게도 맨해튼 S 호텔은 최치우가 묵고 있는 곳이다.

S 호텔 스위트룸에 투숙하거나 최상위 멤버십 회원이면 프라이빗 VIP 라운지를 이용할 수 있다.

최치우는 굳이 멀리 움직일 필요 없이 호텔 안에서 에릭을 만나게 됐다.

"5시면 시간이 널널하니⋯ 준비를 좀 해야겠어."

지금이 오전 10시.

에릭을 만나기 전까지 7시간 정도가 남았다.

7시간이면 무수히 많은 일을 해낼 수 있다.

최치우는 최근 어나니머스와 연속적으로 거래를 하며 재미를 봤다.

하지만 언제나 그들에게 정보를 의존할 수는 없었다.

뉴욕에는 또 다른 정보상들이 암약하고 있다.

어나니머스 같은 천재 해커들은 디지털에 저장된 정보를 빼내는 데 귀신이다.

그러나 저장되지 않은, 직접 눈으로 보고 귀로 들은 정보만 파는 사람들이 따로 있다.

보다 고전적 의미의 산업 스파이들이 월가에 뿌리를 두고 있는 것이다.

최치우는 그들과 접촉해 월가의 지라시부터 고급 정보까지 모조리 사들일 계획이었다.

당연히 돈은 얼마가 들어도 상관없다.

아주 작은 단서라도 최치우에게 영감을 준다면 올림푸스의 신사업 분야가 뒤바뀔 수 있다.

어쩌면 에릭 한센을 곤경에 빠뜨려 네오메이슨의 실체를 드러내게 만들 결정적 정보가 월가 구석에 처박혀 있을지 모른다.

최치우는 모든 가능성을 열어놓고 닥치는 대로 정보를 빨아들일 것이다.

옷을 챙겨 입는 최치우의 눈이 매섭게 빛나고 있었다.

*   *   *

뉴욕의 시간은 세계의 어느 도시보다 빠르게 흐르는 것 같았다.

서울이 아무리 바쁜 도시로 유명하지만, 콘크리트 정글의 원조인 뉴욕과 비교할 수는 없다.

최치우는 맨해튼의 산업 스파이들을 만나 거래를 하고, 요즘 월가에서 주목하는 분야가 무엇인지 트렌드를 파악했다.

또한 한센 가문이 야심차게 밀어붙이던 프로젝트에 대해서도 소스를 얻을 수 있었다.

간단한 샌드위치로 점심을 때우고, 여러 사람들을 만나다 보니 금방 약속 시간이 됐다.

오후 5시가 다 되어서 호텔로 돌아온 최치우는 곧장 프라이빗 VIP 라운지로 향했다.

아무에게나 개방된 공간이 아니기에 신분 확인 절차가 필요했지만, 최치우에겐 무의미한 일이었다.

S 호텔의 스위트룸에 머물고 있기도 했고, 뉴욕에서도 최치우의 얼굴이 곧 명함으로 통용됐기 때문이다.

그는 자신이 생각하는 것 이상으로 더 유명한 사람이었다.

적어도 세계 경제에 관심이 있는 사람이라면 최치우의 얼굴과 이름을 알 수밖에 없다.

"모실 수 있어 영광입니다."

수준 높은 집사 교육을 받은 S 호텔의 VIP 전담 직원이 최치우를 안내했다.

에릭은 먼저 도착해 있었다.

넓고 안락한, 그러나 개별 공간이 외부와 차단된 라운지 소파에서 에릭과 마주 앉으니 기분이 묘했다.

"뉴욕에 자주 오는 모양입니다, 치우 최."

"여동생 때문에 바쁜 줄 알았는데, 이렇게 나와줘서 고맙군."

최치우는 UN의 기업가 포럼에서 선전포고를 한 뒤 에릭에게 편한 말투를 사용했다.

그가 델피 이야기를 꺼내자 에릭이 눈을 부라렸다.

"고작 남의 가정사를 놀리려고 연락한 겁니까? 그렇다면 매우 실망인데요."

"아니, 확인하고 싶은 게 있어서."

최치우는 김이 모락모락 올라오는 커피를 한 모금 마셨다.

에릭은 분명 그답지 않게 흥분하고 있다.

하나밖에 없는 여동생이 구속 수사를 받게 되어 신경이 곤두선 게 분명하다.

이렇게 빈틈을 보일 때가 기회다.

"얼마 전 올림푸스가 개발하고 있는 남아공 광산이 습격을 받았어. 그런데 반군들이 구하기 힘든 최신 무기를 사용하더군. 이게 어떻게 된 일일까?"

"뭐가 어떻다는 말인지 모르겠군요. 그런 사소한 일에 관심을 가질 필요도 못 느낍니다."

"레드 엑스에 무기와 자금을 공급하는 대신 우리를 공격하라 지시한 배후 세력. 너와 네오메이슨이 아니라고?"

"함부로 그 이름을 입에 올리지 않는 게 좋을 겁니다. 네오메이슨은 대전차포 같은 장난감 따위로 시험을 하지 않습니다."

에릭이 대답을 마친 순간, 최치우의 눈빛이 달라졌다.

그는 먹이를 앞둔 맹수처럼 눈동자를 날카롭게 치떴다.

"잠깐. 레드 엑스가 대전차포를 쓴 건 어떻게 알았지? 난 그런 말을 한 적이 없는데."

"그, 그건……."

에릭이 곧바로 대답하지 못했다.

더 이상의 확실한 증거는 필요 없다.

평소의 냉철한 에릭이라면 절대 하지 않을 실수다.

하지만 그는 여동생의 스캔들로 흥분해 있었고, 최치우는 약간의 빈틈을 놓치지 않은 것이다.

"설명 안 해도 괜찮아. 네오메이슨이 나선 건 아니고, 에릭 당신이 개인적으로 우리를 시험한 거라고 생각하고 있었으니까. 선물을 받았으니 나도 보답을 해야겠지? 델피 한센의 탈세 스캔들, 내가 만든 작품이야."

쿵!

"치우 최!"

에릭은 주먹으로 탁자를 내리쳤다.

그의 새하얀 얼굴 위로 푸른 핏줄이 드러나고 있었다.

최치우는 여유롭게 웃으며 말했다.

"이제 시작이니까 기대해도 좋아. 뒤에 숨어 있는 네오메이슨이 튀어나올 수밖에 없을 거야."

*   *   *

최치우는 레드 엑스의 공격 배후에 에릭 한센이 있음을 확인했다.

당사자가 직접 빈틈을 노출하고 대전차포 지원을 시인한 셈이었다.

새삼스럽지만, 이것으로 적아(敵我)가 다시금 명확해졌다.

에릭 한센과 네오메이슨은 먼 미래의 적이 아니다.

지금 당장 세계를 무대로 치열하게 싸워야 할 현실의 적이다.

레드 엑스를 동원한 것에 대한 맞불 작전으로 델피 한센의 스캔들을 터뜨린 건 탁월한 선택이었다.

덕분에 에릭이 심리적으로 흔들리는 모습을 목격할 수 있었다.

에릭은 당분간 델피의 구속 수사를 해결하기 위해 진땀을 흘릴 것이다.

빈틈이란 스스로 자각한다고 해서 막을 수 있는 게 아니다.

알면서도 막기 어려운 게 빈틈이다.

최치우는 에릭의 빈틈이 아물기 전, 결정타를 날리겠다고 마음먹었다.

언제 이만큼 좋은 기회가 또 올지 모른다.

게다가 네오메이슨이라는 거대한 세력은 여전히 그림자 뒤에 숨어 있다.

에릭을 흔들어 그들의 실체를 끄집어내야 한다.

적을 모르는 상태에서 무작정 전쟁을 치를 수는 없기 때문이다.

'에릭은 최근 대체에너지 회사들을 상대로 투자 가능성을 타진하고 있었어. 전기차 회사를 인수하며 긍정적인 이미지를 만들고, 막대한 주가 차익을 올린 것과 같은 이유겠지.'

최치우는 뉴욕 월가의 산업 스파이들을 통해 에릭의 관심사를 파악할 수 있었다.

사실 그렇게 어려운 일은 아니었다.

이미 알 만한 사람들 사이에서는 에릭 한센이 곧 대체에너지 기업 몇 개를 인수할 거라는 소문이 파다하게 퍼졌기 때문이다.

다만 델피 한센의 사건으로 타이밍이 늦춰졌을 뿐이다.

최치우는 모든 게 우연이 아니라고 생각했다.

대체에너지는 부정할 수 없는 세계 경제의 트렌드다.

고등학생으로 환생한 최치우는 S대 에너지자원공학과를 선택했다.

그때부터 대체에너지 개발이 세계의 미래를 좌우할 거라고 알아봤던 것이다.

그가 처음 성공시킨 프로젝트도 독도 해저 자원 개발이었다.

대한민국의 가스 하이드레이트 개발사업단은 독도 인근 해저에서 메탄 하이드레이트를 실물로 추출해 내고 있다.

추출한 메탄 하이드레이트를 에너지로 상용화시키려면 몇 년이 더 걸리겠지만, 최치우 덕분에 일약 대체에너지 강국으로 가는 첫걸음을 뗀 셈이다.

석유의 시대는 길어야 100년 안에 끝난다.

인간은 100년 안에 반드시 석유를 대체할 수 있는 에너지를 찾아야 한다.

그렇지 못하면 인류가 쌓은 찬란한 문명과 과학도 무용지물이 될 것이다.

설령 석유의 시대가 예상보다 오래 가도 환경이 문제다.

석유를 이용한 에너지 생산은 지구 환경에 치명적인 영향을 끼쳐왔다.

친환경 대체에너지는 시대를 관통하는 키워드다.

1년에 겨우 1만 대의 차도 못 만드는 전기차 회사의 주식이 독일 명품 자동차 브랜드보다 더 비싼 게 현실이다.

에릭이 한창 뜨거운 대체에너지 기업에 관심을 갖는 것은 당연했다.

물론 그는 이제까지 그래왔던 것처럼 인수 합병을 통해 단물만 쏙 빼먹을 게 분명하다.

반면 최치우는 다르다.

똑같이 대체에너지 개발에 뛰어들어도 최치우는 세상을 바꾸고 인류의 미래를 구하는 데 관심을 기울일 것이다.

그 과정에서 성공을 거두면 돈은 자연히 따라온다.

어떻게든 주식을 뻥튀기해서 팔아치우는 것 자체가 목적인 에릭과는 완전히 다른 유형의 사람이다.

'아직 때가 아니라고 여겼는데… 덕분에 좀 일찍 시작하게 됐군.'

최치우는 남아공 광산 개발이 안정되고 나면 대체에너지 개발에 뛰어들 계획이었다.

워낙 돈이 많이 드는 사업이기에 현금부터 확보하려던 것이다.

그런데 계획을 수정하게 생겼다.

에릭의 멘탈이 흔들리고 있는 적기를 놓칠 순 없다.

바로 지금, 에릭이 공들여 온 대체에너지 분야에서 올림푸스가 성과를 낸다면 타격은 엄청날 터.

네오메이슨의 케어를 받으며 무럭무럭 자라온 에릭이라는 괴물을 일시에 무너뜨릴 수 있을지 모른다.

그렇게 되면 서양 세계를 주무르는 집단, 프리메이슨과 일루미나티의 변종인 네오메이슨 또한 최치우에게 실체를 드러낼 수밖에 없을 것이다.

"언제까지 어둠 속에서 팔짱 끼고 있을지… 어디 한번 해봐."

최치우가 입 밖으로 소리 내어 혼잣말을 읊조렸다.

세상을 움직인다며 기세등등한 네오메이슨의 실세들에게 전하는 말이었다.

그는 에릭과 똑같은 방법으로 대체에너지 사업에 뛰어들고 싶진 않았다.

가능성 보이는 기업을 인수하고, 그들의 기술을 빼내서 성장하는 M&A는 최치우 스타일이 아니다.

어차피 돈 넣고 돈 먹는 싸움으로 가면 압도적 자금력을 보유한 에릭과 네오메이슨을 이기기 힘들다.

세상에 없던 방식.

그 누구도 따라할 수 없는 방식으로 싸워야 한다.

독도 해저 자원을 개발하고, 미쓰릴을 찾아냈던 것처럼 완전히 다른 판을 짜야만 승산이 있다.

다행히 최치우에게는 비장의 무기가 존재한다.

그는 다른 차원에서 환생을 거듭하며 쌓은 지식과 경험을 현대에 적용시킬 것이다.

아슬란 대륙의 지식을 토대로 미쓰릴이라는 신금속을 발굴

했듯 무궁무진한 방법이 나올 수 있다.

최치우는 자기 자신 안에 있는 정답을 찾기 위해 눈을 감았다.

다른 차원의 경험과 현대의 비밀이 만나는 순간, 또 한 번 기적이 열릴 것이다.

＊　　　＊　　　＊

세계 곳곳에서는 괴수(怪獸)에 대한 목격담이 끊이지 않는다.

특히 불가사의한 환경이나 엄청난 자연재해가 발생할 때 목격담이 늘어난다.

대한민국에서 가장 유명한 괴수 목격담은 백두산 천지 괴물일 것이다.

백두산 천지를 방문한 관광객들은 꽤 빈번하게 깊은 물속 거대한 괴수를 봤다고 말한다.

네스호 괴물도 세계적으로 널리 알려진 괴수 목격담이다.

과연 그 모든 목격담이 사람들의 거짓말이나 환각, 또는 착시 효과일까.

최치우는 그렇지 않다고 생각했다.

현대의 지구는 과학 문명이 주로 발달했지만, 다른 차원처럼 미스터리한 현상도 분명 존재하고 있다.

다만 그 강도나 빈도가 다른 차원에 비해 떨어질 뿐이다.

최치우 자신이 그 증거였다.

그는 현대에서 마법을 익혔고, 무공을 수련했다.

마나와 기(氣)가 존재한다면, 다른 것 역시 마찬가지일 확률이 높다.

"정령……"

최치우의 입에서 생소한 단어가 흘러나왔다.

그는 세계 곳곳을 덮친 자연재해와 괴수 목격담을 분석하고 있었다.

정령은 아슬란 대륙에서도 쉽게 접하기 힘들었다.

불, 바람, 물, 대지 등 자연의 속성을 다스리는 초월적인 존재가 바로 정령이다.

아주 간혹 정령과 계약을 맺은 정령술사들이 등장했으나 대부분 자연 깊숙한 곳에서 은거하길 즐겼다.

최치우는 현대에서 일어난 자연재해나 괴수 목격담이 정령과 관계있을 거라 생각했다.

사람들이 목격한 괴수가 정령(精靈)이라면 모든 게 맞아떨어진다.

정령은 보통 자연의 기운이 극도로 강한 곳에 머물기 때문이다.

"지구에도 정령이 존재한다면… 그럼 길게 고민할 필요가 없지."

정령이라고 해서 다 똑같은 존재가 아니다.

자연 속성도 다르고, 형태도 각양각색이다.

인격을 갖출 정도로 성숙한 정령도 있지만, 단순한 의지만 지닌 채 자연재해를 일으키는 정령도 있다.

중요한 건 정령이 소멸하면서 남기는 것이다.

정령석(精靈石), 또는 소울 스톤(Soul Stone)이라 불리는 보석에는 자연의 힘이 담겨 있다.

드물기는 해도 정령석을 이용해 만든 아티팩트는 엄청난 위력을 발휘했었다.

최치우는 정령석이 대체에너지 분야를 혁신하는 새로운 구세주가 될지 모른다고 판단했다.

정령석의 속성을 연구해서 어마어마한 자연에너지를 인위적으로 만들 수 있다면 어떨까.

올림푸스는 단번에 대체에너지의 선두 주자로 세계를 이끌게 될 것이다.

"풍력발전을 위해서는 바람이 부는 지형과 넓은 땅이 필요해. 그곳에 풍력발전기를 세워야 하고. 화력발전, 해수발전 모두 아직까지 효율성이 떨어져. 그런데 바람의 정령석으로 풍력발전의 효과를 낼 수 있다면……. 화염의 정령석으로 화력발전이 가능하다면……."

상상하는 것만으로도 전율이 돋았다.

사실 최치우는 그동안 정령이라는 존재에 대해 깊게 고민하지 않았었다.

그것 말고도 고민하며 집중할 일들이 한두 가지가 아니었기 때문이다.

그런데 대체에너지 사업에 뛰어들기로 결정하며 생각이 트였다.

이런 걸 나비효과라고 한다.

작은 나비의 날갯짓이 바다 건너에서 태풍을 만들어낸 것과 같다.

에릭 한센이 레드 엑스를 움직여 올림푸스를 공격한 게 시초였다.

그 복수를 위해 최치우가 델피 한센의 탈세 스캔들을 터뜨렸고, 결국 빈틈을 보인 에릭 한센에게 결정타를 날리기 위해 대체에너지 사업에 관심을 갖게 됐다.

만약 에릭이 레드 엑스를 움직이지 않았다면 최치우는 이렇게 일찍 대체에너지에 도전하지 않았을 것이다.

아마 정령석으로 대체에너지를 개발할 생각도 한참 뒤에 했을 가능성이 높다.

"그리고 마침 캘리포니아에는 역사상 가장 강력한 화재가 일주일 넘게 지속되고 있군."

최치우는 워싱턴을 거쳐 뉴욕에 도착했다.

그는 주로 미국 동부를 방문하는 편이다.

하지만 서부에도 볼일이 생긴 것 같았다.

서부 캘리포니아의 와인 생산지 소노마 카운티에서 일어난 산불이 일주일째 계속되고 있었다.

원래 캘리포니아는 산불이 자주 발생하는 곳이다.

그러나 이번에는 화재의 강도와 지속력이 심상치 않았다.

소노마 카운티를 비롯해 나파 밸리 북부 등 여러 마을이 불길에 휩싸여 재로 변했다.

벌써 사망자가 50명이 넘었고, 실종자는 수백 명이다.

언제 꺼질지 모르는 화재로 인해 캘리포니아 북부가 아수라장이 됐다.

오죽하면 소노마 카운티에서 가까운 대도시 샌프란시스코 주민들도 불안감을 느낄 정도였다.

최치우는 미국 역사상 가장 강력한 화재 현장으로 달려가고 싶었다.

정령의 존재를 확인하기 위해서는 천혜의 환경이나 자연재해를 찾아야 한다.

최치우가 미국에 머물 때 기록적인 화재가 발생한 건 기회였다.

물론 피해자들에게는 가슴 아픈 일이다.

하지만 만에 하나 정령이 개입했다면, 그 존재를 소멸시키는 게 불길을 약화시키는 방법이다.

정령도 찾고 화재도 진압하고 일석이조의 성과를 거둘 수 있다.

"정령이 없으면 허탕 치는 거지만."

최치우는 피식 웃음을 터뜨렸다.

허탕을 두려워하면 아무 일도 못 한다.

언제나 대박의 그늘에는 쪽박의 위험이 도사리고 있다.

하이 리스크, 하이 리턴을 감당하지 못하는 사람은 절대 특별한 삶을 살 수 없다.

최치우는 샌프란시스코로 날아가는 비행기를 검색했다.

샌프란시스코에서 차를 빌려 화마(火魔)가 기승을 부리는 소노마 카운티로 이동할 작정이었다.

인근 지역을 모조리 통제한 소방 당국의 눈을 어떻게 피할지, 잘못하면 불길에 잡아먹히진 않을지 등 여러 걱정은 나중에 할 것이다.

일단 생각하면 움직이고 보는 게 최치우를 모든 차원에서 최고로 만든 원동력이었다.

"샌프란시스코, 샌프란시스코… 있다!"

그는 오늘 밤 비행기를 찾아냈다.

쇠뿔도 단김에 빼는 법, 시간을 끌 필요가 없다.

막상 행선지가 정해지자 심장이 기분 좋게 뛰며 피가 뜨거워졌다.

그의 영혼에 각인 된 승부사의 본능이 꿈틀거리고 있었다.

캘리포니아를 뒤덮은 최악의 화재가 기회일지 위기일지, 최치우는 기어코 몸으로 부딪쳐 확인하려는 것이다.

망설이지 않고 비행기 티켓을 산 최치우의 눈동자는 불길보다 뜨겁게 타오르고 있었다.

4장

샐러맨더(Salamander)

최치우는 비행기를 타고 미국 대륙을 좌우로 가로질렀다.

동부의 뉴욕에서 서부 캘리포니아의 샌프란시스코까지 비행기로 6시간이 걸린다.

같은 미국이지만 시차도 2시간이나 난다.

서울에서 인도의 수도 뉴델리까지 날아가는 데 6시간이 걸리는 걸 생각하면 사실상 다른 나라로 이동한 것이나 마찬가지다.

실제로 동부와 서부는 문화가 다르다.

미국이라는 거대한 연방 국가 소속이지만, 캘리포니아 사람과 뉴욕 사람들은 사고방식부터 상극에 가깝다.

따뜻한 기후의 영향 때문인지 서부 사람들은 보다 쾌활하고 낙천적이다.

그런데 샌프란시스코 공항에서부터 우울한 분위기가 느껴졌다.

캘리포니아 북부를 집어삼키고 있는 화재의 영향인 것 같았다.

샌프란시스코에서 불과 2시간 거리에 위치한 마을이 흔적도 없이 불타 버렸다.

이토록 강한 화재가 연이어 발생하면 대도시 샌프란시스코도 안전하리란 보장이 없다.

밝고 명랑한 서부 사람들도 걱정을 하는 게 당연했다.

게다가 이번 화재는 나파 밸리 등 캘리포니아의 주요 와인 생산지를 폐허로 만들었다.

와인 산업의 비중이 높은 지역 경제에도 먹구름이 드리운 것이다.

'심각하군.'

뉴스에서 보는 것과 피부로 느끼는 것은 차원이 다르다.

샌프란시스코에 도착한 최치우는 화재의 영향이 얼마나 큰지 체감했다.

실제로 현장에 가면 더욱 놀라울 것이다.

수만 명이 살아가는 작은 도시가 불에 타 재로 변했고, 지금도 수천 명의 소방대원이 화재를 진압하기 위해 총력을 다하고 있다.

일반인은 불길이 번지는 캘리포니아 북부로 접근조차 할 수 없다.

이미 인근 지역에는 강제 대피령이 내려진 지 오래다.

물론 군이 통제를 하지 않아도 제 발로 불구덩이에 들어가는 사람을 찾긴 힘들다.

'경계망이 삼엄하진 않을 거야. 다들 불길을 잡는 데 초점을 맞추고 있을 테니……. 소방관들을 제외하면 보는 눈도 없을 게 분명해. 어쩌면 다행인가.'

최치우는 생각을 정리하며 공항에서 렌터카를 인수받았다.

렌터카 업체에서 알면 기절하겠지만, 이 차를 타고 화재의 중심지로 달려갈 것이다.

그래서 최치우는 혹시 모를 상황을 대비해 가장 튼튼한 SUV를 빌렸다.

부우웅―

시동을 건 최치우는 두 손으로 핸들을 꽉 잡았다.

밤 비행기를 타고 도착했지만, 시내로 가서 휴식을 취하고 싶은 생각은 없었다.

하룻밤 사이 불길이 어디로 어떻게 번질지 모른다.

게다가 어둠이 드리운 심야 시간에는 소방관들도 활동을 멈출 것이다.

화재 중심지로 들어가기 위해선 마법이나 무공을 펼칠 수밖에 없고, 보는 눈이 적어야 된다.

당연히 밤이 제격이다.

조금 피곤해도 망설일 여지가 없었다.

'현장에 도착해서 간단히 운기조식이라도 해야겠다.'

최치우가 초인적인 스케줄을 소화하면서도 쓰러지지 않는 것은 내공 덕분이다.

단전에 자리 잡은 내공을 일주천시키면 푹 자고 일어난 듯 새 힘이 충만해진다.

불길 근처에 도착해서 짧게라도 운기조식을 하면 피로가 말끔해질 것이다.

부와아앙—

금방 고속도로에 들어선 최치우는 힘차게 액셀을 밟았다.

그는 정령석, 소울 스톤이라는 비밀스러운 기회를 찾기 위해 위기로 뛰어들고 있었다.

무모해 보이는 도박 끝에 최치우가 무엇을 붙잡게 될지 아직은 알 수 없다.

캄캄한 캘리포니아의 밤하늘에는 달도 뜨지 않았다.

그 어둠을 뚫고, 도전을 즐기는 최치우가 달려간다.

*   ·   *   *

멀리서도 불길의 흔적을 확인할 수 있었다.

어두운 밤을 환하게 밝히는 불꽃은 파도처럼 산과 들을 잡아먹었다.

단순한 화재를 생각하면 큰 코 다친다.

역사상 최악의 화재라는 말이 괜히 나온 게 아니다.

일주일 넘게 꺼지지 않고 남쪽으로 이어진 불길은 이미 서울 여의도 몇 배의 면적을 태워먹었다.

눈으로는 불길의 범위를 다 담아낼 수도 없다.

소방용 헬리콥터를 타고 하늘 위로 올라가야 겨우 화재의 규모를 파악할 수 있었다.

최치우는 먼 산 너머 일렁거리는 불꽃이 보일 때쯤, 차를 갓길에 세웠다.

은밀하고 신속한 움직임을 위해서는 맨몸이 편하다.

튼튼한 SUV의 1차 역할은 이것으로 끝났다.

이 자리에서 무사히 열기를 버텨주고, 최치우가 샌프란시스코로 돌아가는 데 쓸 수 있길 바랄 뿐이다.

꽤 거리를 뒀지만, 하룻밤이면 불길이 어디까지 번질지 모른다.

최악의 경우 차를 세워둔 지역도 잿더미가 될 수 있다는 소리다.

"그렇게 되기 전에 막아야지."

최치우는 어둠까지 집어삼키고 있는 불꽃을 바라보며 말했다.

물론 그가 최악의 화재를 막기 위해 샌프란시스코로 날아온 것은 아니다.

최치우의 목적은 자연재해 현장에 있을 확률이 높은 정령이다.

게다가 이만한 규모의 화재라면 불의 정령이 개입했을 가능성이 크다.

최치우는 정령의 존재를 확인하면 전력을 다해 소멸시킬 것이다.

강제로 소멸을 시켜야만 정령석을 얻을 수 있기 때문이다.

만약 정령이 개입하여 화재가 커졌다면, 정령의 소멸로 불의 기운도 약해지게 될 터.

캘리포니아의 소방관들에게는 더없이 반가운 소식이 될 게 분명했다.

목적이 달라도 결과만 좋으면 그만이다.

"제발 있어줘라, 정령아. 그래야만 나도 정령석을 얻고, 소방관들도 불길을 잡을 수 있다……. 너만 있으면 일석이조다."

최치우는 아직 존재를 확인하지 못한 정령을 향해 혼잣말을 읊조렸다.

차에서 나온 그는 괜히 여유를 부리는 게 아니었다.

임시방편이지만 똑바로 서서 짧은 운기조식을 마쳤다.

가부좌를 틀고 정식으로 운기조식을 하는 것과는 많이 다르다.

하지만 이 정도만 해도 피로가 풀리고 몸에 활기가 돌았다.

준비를 마친 최치우는 더 이상 시간을 끌지 않았다.

그는 곧바로 땅을 박찼다.

파악—!

마른하늘에 번개가 치면 이렇게 빠를까.

전력으로 경공술을 펼치는 최치우의 속도는 눈으로 좇기 힘들었다.

사람들이 없는 곳에서 그는 마음껏 한계를 넘어 초인의 능력을 발휘한다.

쉬이이익—

스쳐가는 바람도 최치우의 움직임을 막지 못했다.

순식간에 작은 산 하나를 넘어버린 최치우는 열기가 점점 강해지는 걸 느꼈다.

그는 지금 불꽃이 일렁거리는 화재 현장을 향해 뛰어들고 있는 것이다.

바람을 타고 코끝에서 맡아지는 매캐한 냄새도 진해졌다.

아름다운 자연, 사람들이 가꾼 마을, 그리고 누군가의 몸이 불길에 휩싸여 재가 되어 만들어진 냄새.

너무 많은 것을 빼앗아간 화재의 냄새는 최치우를 불쾌하게 했다.

그럴수록 최치우의 두 다리는 단전에서 내려온 내공을 힘차게 뿌렸다.

팍! 파파팍!

없는 길을 만들며 산등성이와 들판을 달려가는 최치우는 한 마리 야수 같았다.

빠른 몸놀림으로 먹잇감을 사냥하는 치타나 재규어를 연상시켰다.

바람을 역행하며 질주하는 그의 모습을 아무도 볼 수 없다는 게 아쉬울 지경이었다.

'거의 다 왔다!'

한참 전 통제구역을 넘어선 최치우는 10분도 지나지 않아 현장에 들어섰다.

현장이란 화재의 직접적 영향을 받는 위험지역을 뜻한다.

피부로 느껴지는 열기가 이전과는 차원이 달랐다.

"예상은 했지만, 장난이 아니군."

멈춰 선 최치우는 가볍게 숨을 고르며 불꽃이 춤추는 걸 바라봤다.

말 그대로 엄청난 규모였다.

반대쪽 불길의 끝이 어디쯤일지 짐작하기도 어려웠다.

"남서부 어디까지 불이 타오르고 있을지……."

화재는 최치우가 도착한 쪽 반대편으로 이어지고 있었다.

그래서 대부분의 인력과 소방 장비도 남서부로 모인 것 같았다.

그러나 이곳의 불길이 결코 약한 건 아니었다.

애초에 불이 번지는 방향의 문제일 뿐, 강도와는 크게 상관이 없다.

최치우가 이곳을 택한 건 소방 인력이 적게 배치됐기 때문이다.

남서부에서는 소방관의 눈을 피하는 것도 신경 써야 한다.

하지만 여기선 비교적 자유롭게 불구덩이 속으로 뛰어들 수 있다.

어차피 화재의 중심에 정령이 있다면 불러낼 방법은 따로 존재한다.

"이 고생을 하는데 정령이 없으면… 아니다, 그런 생각은 하지도 말자."

최치우는 스스로 마음을 다독였다.

동시에 경공술을 펼치고 남은 내공을 전신 혈도로 퍼뜨렸다.

기경팔맥과 임동양맥을 타고 막강한 기운이 머리끝부터 발끝까지 채워졌다.

100% 전력을 다해 내공을 끌어 올린 게 얼마 만인지 모른다.

덕분에 최치우는 뭐든 할 수 있을 것 같은 충만함을 느꼈다.

용기백배해졌지만, 이대로 불구덩이에 빠지긴 이르다.

용기만 가지고 화마와 맨몸으로 맞설 수는 없다.

무공이 몸을 강하게 만들어줬다면, 마법으로 자연의 권능 또한 빌려야 한다.

그래도 안전을 장담하기 힘들 만큼 뜨거운 불길은 거세고 포악했다.

슈우우우우우—

잠시 눈을 감은 최치우는 마나의 흐름을 감지했다.

마나는 대자연이 허락한 축복이다.

화염으로 뒤덮인 캘리포니아 북부에서도 마나의 축복을 받아 대자연의 권능을 빌릴 수 있다는 확신이 들었다.

그렇다면 주저할 이유는 없다.

마나와 공명을 마친 최치우는 다시 눈을 떴다.

전신을 가득 채운 내공은 여전하고, 다양한 마법을 캐스팅할 준비도 마쳤다.

"간다!"

기합을 넣은 최치우가 몸을 날렸다.

그는 말 그대로 불구덩이를 향해 직진하고 있었다.

소방관들이 특수 장비를 착용하고도 가까이 접근하지 못하는 불길이다.

보통 사람이 맨몸으로 뛰어들면 불에 타기 전에 가스 중독으로 기절한다.

운 좋게 가스 중독을 피해도 불길에 휩싸이는 순간 뼈까지 까맣게 탈 것이다.

그러나 최치우는 예외였다.

그는 먼저 매캐한 가스를 밀어내고, 불구덩이 사이에 틈을 만들려 했다.

"윈드 스피어(Wind Spear)!"

5서클에 해당하는 마법이 위력을 발휘했다.

캐스팅이 끝나자마자 최치우 앞에서 거센 바람이 응축돼 일직선으로 쏘아졌다.

쐐애애액— 퍼엉!

화살처럼 날아간 바람의 창은 유독가스를 날려 버렸다.

뿐만 아니라 파도처럼 넘실거리는 불길 사이로 공간이 생겼다.

최치우는 바람의 창이 만들어준 순간을 놓치지 않았다.

불구덩이 안으로 몸을 던진 것이다.

자살행위나 다름없지만, 그는 순순히 불에 타는 대신 또 다른 마법을 펼쳤다.

"프로즌(Frozen)—!"

6서클의 마법이 이적을 일으켰다.

불길이 날뛰는 한복판에서 대자연의 권능이 발현됐다.

최치우의 사방이 새하얗게 얼어붙은 것이다.

뜨거운 화염에도 녹지 않는 얼음 결계가 최치우를 보호했다.

프로즌은 미니 퀘이크와 더불어 지금의 최치우가 펼칠 수 있는 가장 강력한 마법이다.

8서클 마법인 블리자드의 하위 주문이지만, 그 위력은 상상 이상이었다.

물질 법칙을 뛰어넘는 결빙(結氷) 현상은 초현실적으로 보였다.

'나와라, 불의 정령!'

최치우는 일렁이는 불길 안에서 프로즌을 펼친 채 정령을 찾았다.

자연재해나 극한의 환경에서 정령을 불러내는 방법은 간단하다.

정령이 가장 싫어하는 일을 하면 된다.

불의 정령은 당연히 정반대 속성인 얼음의 마나를 싫어한다.

최치우는 화재 현장에서 프로즌으로 얼음 결계를 만들어 잠시나마 자연재해를 극복하고 있다.

불의 정령이 화재에 개입했다면 프로즌이 펼쳐진 이곳에 모습을 드러낼 것이다.

하지만 정령과 상관없는 화재라면 시간 낭비인 셈이다.

'앞으로 5분 정도는 버틸 수 있어.'

최치우는 이를 악물고 마법을 유지했다.

6서클 마법 프로즌도 영원할 수는 없다.

이토록 강력한 불길 속에서는 5분이 한계다.

후우우우욱—!

그때였다.

최치우는 얼음 결계를 두드리는 불꽃이 갑자기 미친 듯 활활 타오르는 걸 느꼈다.

절대 자연스럽지 않은 인위적 현상이다.

'왔다!'

최치우는 고개를 돌려 범인을 찾아냈다.

주홍빛 화염의 정기로 이루어진 커다란 도마뱀이 혀를 날름거리고 있었다.

최치우는 도마뱀과 눈을 맞추며 다른 차원의 기억을 끄집어냈다.

샐러맨더(Salamander).

아슬란 대륙에서도 실제로 본 적이 없는 상급 불의 정령을 현대에서 만난 것이다.

                    *   *   *

   아슬란 대륙의 정령술사와 마법사들은 정령의 체계를 간단
히 나눴다.

   하급 정령, 중급 정령, 상급 정령, 그리고 최상급 정령과 정령
왕.

   하급, 중급, 상급 정령은 인격을 지니지 못했다.

   대신 부여받은 힘의 크기에 따라 나타나는 모습이 저마다
달랐다.

   커다란 도마뱀으로 현신하는 샐러맨더는 상급 정령이다.

   어떤 면에서는 인격을 지닌 최상급 정령이나 정령왕보다 더
까다로운 존재다.

   최상급 정령, 또는 정령왕과는 의사소통이라도 할 수 있다.

   하지만 인격이 없는 상급 정령은 막대한 힘을 제멋대로 휘두
른다.

   짐작은 했지만, 캘리포니아에 빈번하게 일어나는 산불을 미
국 역사상 최악의 화재로 만든 주범이 바로 눈앞의 샐러맨더였
다.

   '엄청난 힘을 지녔군. 전력을 다해도… 쉽지는 않겠어.'

   최치우는 마른침을 삼켰다.

   불의 정령은 대체로 포악하고 파괴적인 속성을 지녔다.

   샐러맨더가 지난 일주일 동안 잿더미로 만든 마을과 포도밭

이 얼마나 넓은지만 봐도 알 수 있다.

화아아악—

샐러맨더의 몸통에서 불꽃이 거세게 일렁거렸다.

명백한 적의(敵意)가 느껴졌다.

샐러맨더는 최치우를 경계하는 동시에 적대하고 있었다.

불길 속으로 들어와 자신과 상극인 얼음 속성의 마법을 펼쳤으니 당연한 일이다.

이제 남은 선택지는 얼마 없다.

정령이 존재하는 걸 확인했으니 굳이 샐러맨더와 싸우지 않아도 된다.

무리할 필요 없이 이대로 돌아서면 샐러맨더도 끈질기게 추격을 하진 않을 것이다.

화재가 잦아들길 기다렸다가 다시 샐러맨더를 찾으면 지금보다 상대하기 수월할지 모른다.

어차피 샐러맨더도 언젠가는 포악질을 끝내고 잠잠해질 것이다.

캘리포니아 북부를 휩쓴 산불이 영원히 이어질 리도 없다.

그사이 하급, 중급 정령부터 찾아내서 소울 스톤을 확보하는 게 현명한 선택이다.

하지만.

'등을 보이면 최치우가 아니지.'

최치우는 다른 선택을 내렸다.

다른 차원에서 살아갈 때와 비교하면 최치우의 무력은 많이 약해졌다.

그렇지만 불굴의 투지를 지닌 영혼은 그대로다.

상급 정령이든 뭐든 적의를 드러내는 상대를 앞두고 등을 돌릴 순 없었다.

'정령왕도 아니고……. 아무리 그래도 상급 정령에게 겁을 먹을 순 없잖아.'

최치우는 영혼에 각인된 기억을 되살렸다.

S급 몬스터를 찢어버리고, 천마와 싸우며 드래곤 레어에 침입하던 순간들을.

그는 언제나 모두 불가능하다고 말하는 전투를 뒤엎는 존재였다.

이번에도 마찬가지다.

이미 5서클 마법 프로즌으로 만든 얼음 결계가 많이 녹았지만, 상관없다.

"붙어보자, 도마뱀아."

최치우의 목소리에서 투지가 느껴졌다.

샐러맨더도 기운을 감지한 듯 더욱 기다란 꼬리를 흔들었다.

불꽃으로 이뤄진 꼬리가 채찍처럼 날아오면 엄청난 파괴력을 발휘할 것 같았다.

그러나 싸우기로 마음먹은 이상 최치우는 무엇도 두려워하지 않는다.

두려움이란 단어를 머릿속에서 완전히 지워야 비로소 싸울 준비를 마친 것이다.

아주 작은 공포가 몸을 경직되게 만들고, 결국 패배의 단초가 되는 법이다.

'결계가 녹기 전에 승부를 낸다.'

프로즌으로 불길의 침범을 막았지만 5분이 한계였다.

이미 시간은 2분이 넘게 지났다.

주어진 시간은 3분.

180초 안에 상급 정령을 소멸시키고, 불길의 영역에서 빠져나가야 한다.

다른 차원에서의 힘을 온전히 소유한 상태였다면 어렵지 않은 미션이다.

하지만 6서클이 마법과 금강나한권이 전부인 현대의 최치우에겐 목숨을 걸어야 하는 미션이었다.

'강해지는 데 너무 소홀했어.'

최치우는 자기 자신의 무력을 향상시키는 데 더 많은 노력과 시간을 투자해야겠다고 다짐했다.

갑작스레 상급 정령을 마주치니 무력을 다소 등한시했던 게 아쉬워졌다.

화르르르륵!

샐러맨더는 최치우의 의도를 파악했다.

그가 불길의 영역에서 벗어나지 않고 기운을 끌어 올렸기 때문이다.

번뜩!

샐러맨더의 푸른 눈동자에서 날카로운 빛이 쏟아졌다.

놈의 몸통은 붉은 화염으로 이뤄졌고, 눈동자만 시퍼런 청염(靑炎)의 구체였다.

이제 샐러맨더는 최치우를 쓰러뜨려야 할 적으로 명확히 인식한 것 같았다.

'와라!'

최치우는 샐러맨더가 먼저 움직이길 기다리고 있었다.

그는 상대의 빈틈을 포착하는 데 둘째가라면 서럽다.

6서클의 마법과 금강나한권이 전부지만, 진짜 비장의 무기는 따로 있다.

그것은 수없이 많은 싸움을 해본 경험이다.

최치우는 똑같은 마법도 언제 어떻게 써야 더 위력적인지 꿰뚫고 있었다.

화아악!

그때였다.

샐러맨더가 드디어 흉포한 공격성을 발휘하기 시작했다.

최치우도 미리 대비를 하고 있긴 했지만, 상급 정령의 분노는 예상보다 거셌다.

후욱—

샐러맨더의 꼬리가 최치우를 스치고 지나갔다.

납작 엎드리듯 허리를 숙이지 않았다면 불꽃이 이글거리는 꼬리에 휘감겼을 것이다.

그 결과는 안 봐도 뻔하다.

온몸이 불타는 것은 기본이고, 엄청난 충격으로 뼈와 장기가 으스러질 게 분명했다.

'막을 게 아니다. 피해야 해.'

최치우는 자신을 스치고 지나간 샐러맨더의 꼬리를 쳐다봤다.

어설프게 막으려 하면 피해가 커진다.

무조건 피해야 한다.

다행히 스피드는 최치우가 샐러맨더보다 앞선 것 같았다.

'몇 번이고 피하며 빈틈을 노릴 수 있지만… 문제는 시간이야.'

최치우에게 주어진 180초 중에서 벌써 10초가 날아갔다.

시간이 다 흐르면 6서클 마법 프로즌의 얼음 결계가 녹아내릴 것이다.

그때는 불길 밖으로 벗어날 수밖에 없다.

얼음 결계가 완전히 사라지면 샐러맨더의 기세도 더욱 등등해질지 모른다.

기껏 캘리포니아 북부까지 날아와서 헛수고만 하고 위험에 처하게 되는 셈이다.

콰앙!

다시 한번 샐러맨더의 꼬리가 채찍처럼 날아와 바닥을 쳤다.

움푹 파인 땅 바닥은 가뭄에 시달린 논밭처럼 쩍쩍 갈라졌다.

"키야아아악—!"

재빨리 피하는 최치우가 얄미웠을까.

샐러맨더가 입을 벌리고 괴성을 토해냈다.

단순히 고막을 찢는 소리만 터져 나온 게 아니었다.

쫙 찢어진 샐러맨더의 입에서 푸른 불꽃이 쏘아졌다.

"프로즌!"

최치우는 다급히 6서클 마법을 한 번 더 펼쳤다.

연달아 6서클 마법을 펼치면 몸에 무리가 갈 수밖에 없다.

그럼에도 이것저것 가릴 처지가 아니었다.

치이이익!

샐러맨더의 입에서 날아온 푸른 불꽃이 허공에 돋아난 얼음과 부딪쳤다.

사나운 청염은 최치우가 만든 얼음 덩어리를 모조리 녹이고 사라졌다.

만약 프로즌을 다시 펼치지 못했다면, 완전히 녹아 사라지는 건 얼음 덩어리가 아닌 최치우였을 것이다.

'이건 예상 밖, 그렇지만 빈틈도 더 커진다!'

최치우가 눈을 빛냈다.

샐러맨더가 푸른 불꽃을 토해낼 줄은 몰랐다.

절대 화력을 지닌 푸른 불꽃은 엄청나게 강력해 6서클 마법으로 겨우 상쇄시킬 정도다.

대신 불꽃을 토해내는 순간, 샐러맨더는 움직이지 못하고 그자리에 고정돼 있었다.

워낙 강력한 공격이기에 정신을 집중하고 힘을 모아야 되는 것 같았다.

위기는 곧 기회다.

샐러맨더가 건드리기 힘든 푸른 불꽃을 토해낼 때, 바로 그 순간을 노려야 한다.

이제 남은 시간은 대략 150초.

최치우는 연달아 날아드는 샐러맨더의 꼬리를 피하며 기운을 모았다.

'열받지? 얼른 다시 뿜어내 봐, 그 시퍼런 불꽃을!'

쾅!

콰콰쾅—!

샐러맨더의 꼬리는 땅 바닥을 치는 걸로도 모자라 얼음 결계까지 뒤흔들었다.

덕분에 최치우가 애써 만들어놓은 결계에 균열이 생겼다.

생각보다 일찍 얼음 결계가 무너질 것 같았다.

'130초… 아니, 이대로 저 도마뱀이 날뛰면 100초도 버티기 힘들다.'

과연 한 번의 기회가 올까.

시간은 속절없이 흐르고, 최치우와 얼음 결계를 마구잡이로 노리는 샐러맨더의 꼬리는 멈출 줄을 몰랐다.

"키야아아악!"

그때 다시 샐러맨더가 비명 같은 괴성을 내질렀다.

신호가 왔다.

최치우는 곧 샐러맨더의 입에서 푸른 불꽃이 쏘아질 거라 확신했다.

엄청난 위기인 동시에 마지막 기회다.

이 기회를 놓치면 답이 없다는 걸 최치우는 온몸으로 느끼고 있었다.

'멈췄다!'

거짓말처럼 샐러맨더의 몸이 정지했다.

이제 곧 벌어진 입에서 푸른 불꽃이 날아올 것이다.

그 찰나의 순간을 이용해야 한다.

"미니 퀘이크ㅡ!"

최치우는 또 한 번 6서클 마법을 펼쳤다.

벌써 세 번째 연달아 6서클을 캐스팅했다.

아무리 마나의 축복을 받았어도 육신이 찢어지는 고통이 느껴졌다.

하지만 캐스팅이 완료된 주문은 권능을 일으켰다.

쿠구구구궁!

샐러맨더가 멈춰있던 곳의 땅이 순식간에 무너졌다.

작은 지진이 일어나 샐러맨더를 집어삼킨 것이다.

"키요오오오옷!"

샐래맨더는 괴성을 지르며 푸른 불꽃을 쏘았지만 이미 늦었다.

움푹 무너진 땅 밑에서 날린 푸른 불꽃은 하늘 위로 올라갔다.

최치우는 가만있지 않았다.

6서클 마법을 무리해서 펼친 후유증으로 몸이 만신창이가 됐지만 여유가 없다.

그는 불의 상급 정령 샐러맨더를 잡을 수 있는 유일무이한 기회가 왔음을 직감했다.

"이거나 처먹어."

최치우는 자신이 일으킨 소형 지진의 시작점에서 샐러맨더를 내려다보며 주먹을 뻗었다.

고오오오!

감당하기 힘든 기운이 최치우의 주먹에 실렸다.

미니 퀘이크에 빠져 허우적거리는 샐러맨더를 향해 황금빛 권풍, 아니 권기(拳氣)가 쏟아졌다.

파파파파팡—

수류탄 수십 개가 터지는 것 같은 파공성이 울렸다.

천보일권(千步一拳).

금강나한권의 최종 비기 중 하나로 소림사 백보신권보다 열 배 더 강력한 절기다.

권기의 물결이 땅속 깊이 처박힌 샐러맨더를 난타했다.

샐러맨더는 엄청난 타격을 받으며 몸부림쳤다.

최치우는 6서클 마법과 무공 절기로 샐러맨더를 궁지에 몰았다.

샐러맨더의 기력이 약해진 지금, 확실한 마무리를 지어야 했다.

그러나 마나와 내공 모두 지나치게 소모한 탓에 서 있기도 힘들었다.

시간은 남았지만, 프로즌으로 생성한 얼음 결계도 급속히 녹고 있었다.

"진짜 마지막이다, 빌어먹을 도마뱀아."

최치우는 다시금 두 팔을 활짝 벌리고 마나를 온몸으로 받아들였다.

차가운 얼음 속성의 마나가 그의 몸을 매개로 현실에 구현됐다.

6서클 마법 프로즌을 캐스팅하려는 게 분명했다.

마법을 아는 누군가 이 장면을 봤다면 미쳤다고 혀를 찼을 것이다.

6서클 경지의 마법사가 연속해서 4번이나 6서클 마법을 펼치는 것은 자살행위다.

하지만 최치우는 아랑곳하지 않았다.

한계를 깨뜨리는 게 그의 오랜 취미이자 특기다.

"프로즌—!"

촤아아아악!

최치우의 손끝에서 펼쳐진 마법이 결빙 현상을 일으켰다.

기력이 약해진 상태에서 직격탄을 맞은 샐러맨더의 온몸이 그대로 얼어붙었다.

최치우는 소형 지진이 만든 구덩이 아래로 뛰어내려 얼어붙은 샐러맨더의 몸을 주먹으로 내리쳤다.

파자자작—!

얼음이 산산조각 났다.

정확히 말하자면, 얼어붙은 샐러맨더의 몸이 산산조각으로 부서진 것이다.

"후……."

최치우는 긴 한숨을 내쉬었다.

그의 눈앞에 여러 색감의 붉은빛이 오묘하게 뒤섞인 구슬이 보였다.

상급 불의 정령 샐러맨더의 정령석, 소울 스톤이다.

이제 정령석을 챙겨 나가기만 하면 된다.

최치우는 기진맥진했지만 손을 뻗어 붉은 정령석을 만졌다.

화아아악—!

정령석을 만지자 화끈하고 뜨거운 기운이 몸으로 들어오는 게 느껴졌다.

일시적으로 기력이 회복되고 있었다.

"역시, 물건이군."

짙은 미소를 지은 최치우가 정령석을 품에 넣었다.

지긋지긋한 불길에서 벗어나 집으로 돌아갈 시간이다.

아무도 모르겠지만, 그가 샐러맨더를 소멸시킨 덕분에 캘리포니아 화재도 한결 쉽게 진화될 것이다.

최치우는 역사의 이면에서 세상을 구하며 자신의 야망 또한 이뤄가고 있었다.

정령석을 확보한 이상, 차원이 다른 대체에너지 개발로 에릭 한센과 네오메이슨의 숨통을 조일 수 있을 것 같았다.

인류의 미래를 바꿀 획기적 순간이 다가오고 있었다.

5장
역사의 흐름

　―캘리포니아 북부의 화재가 진정 국면에 들어서고 있습니다. 샌프란시스코 소방청은 소노마 카운티와 나파 밸리 일대를 불태운 화재의 범위가 줄어들었다고 발표했습니다. 화재 발생 이후 범위 축소는 처음 있는 일입니다. 미국 역사상 최악의 화재에도 드디어 그 끝이 보이는 것 같습니다.

　NBC 뉴스의 앵커가 오랜만에 환한 얼굴로 반가운 소식을 전했다.

　지난 밤 이후 캘리포니아 화재의 기세가 한층 수그러들었다는 것이다.

　뉴스 화면에서는 화재를 진압하고 있는 소방관들의 모습이 떠올랐다.

벌써 열흘이 다 되도록 목숨을 걸고 화재와 싸우는 소방관은 진정 이 세계의 영웅들이다.

최치우는 그들에게 남몰래 도움을 줬다는 사실에 뿌듯함을 느꼈다.

"더 크게 번지는 일은 없을 겁니다."

그는 샌프란시스코 공항의 퍼스트 클래스 라운지에서 TV를 쳐다보며 혼잣말을 중얼거렸다.

이틀 전 최치우는 역사상 최악의 화재를 만든 주범인 샐러맨더를 소멸시켰다.

화재의 위력을 증폭시키던 주범이 사라졌으니 이제 불길을 잡을 일만 남았다.

이미 수백 명의 사상자가 나오고, 수천억 이상의 재산 피해가 발생했지만 그나마 다행이었다.

최치우가 아니었으면 화재는 더 많은 사람들을 절망에 빠뜨렸을 것이다.

정령석을 얻기 위해 나선 길이지만, 결과적으로 무척 뿌듯한 일을 해냈다.

물론 누구에게도 자랑할 수 없다.

상급 불의 정령과 목숨 건 사투를 펼치고, 결국 소멸시키는 데 성공해서 캘리포니아 화재가 약해졌다는 말을 누가 믿겠는가.

S대의 김도현 교수라면 믿어줄 수도 있다.

그러나 세상에는 굳이 하지 않아도 될 말이 있는 법이다.

최치우는 TV를 통해 화재가 약해졌다는 소식에 환호하는 사람들의 모습을 보며 미소를 지었다.

신의 대리자 아바타는 환생을 거듭하던 최치우에게 특별한 미션을 부여했다.

세상을 구하는 기쁨을 깨달으라는 것이었다.

무척 애매모호한 미션이다.

하지만 최치우는 조금씩 그 기쁨이 무엇인지 알아가고 있었다.

특별히 대단한 사명감을 가질 필요는 없다.

그저 자신의 꿈과 야망, 행복을 위해 최선을 다하면 된다.

다만 그 길에서 불특정 다수의 사람들을 짓밟느냐, 아니면 많은 사람들을 이롭게 만드느냐의 차이다.

전자는 세상을 어지럽히는 폭군이 된다.

반면 후자는 자신의 인생에 충실하면서도 세상을 이끈 영웅으로 추앙을 받는다.

최치우는 역사에 기록될 영웅의 길을 걸어가고 있었다.

단순히 아바타의 미션 때문만은 아니다.

7번의 환생을 거쳐 도달한 이번 삶이 그를 자연스레 영웅의 길로 이끌었다.

어렵게 얻은 정령석도 최치우가 영웅의 길을 개척하는 데 쓰일 것이다.

그는 정령석을 바탕으로 차원이 다른 대체에너지 개발을 연구할 작정이었다.

당연히 에릭 한센과 네오메이슨에게는 엄청난 타격이 될 것이고, 올림푸스는 세계 최고의 기업 반열에 오르게 된다.

뿐만 아니라 인류가 석유 이후의 시대를 준비하는 데 결정적인 기여를 하게 될 것 같았다.

최치우는 얼른 한국으로 돌아가 일을 서두르고 싶었다.

정령석, 소울 스톤의 가치는 미쓰릴과도 비교하기 힘들다.

오히려 아슬란 대륙보다 현대에서 더욱 귀하게 쓰일 수 있다.

아슬란 대륙에서는 소울 스톤으로 마법적 효과를 일으키는 경우가 대부분이었다.

하지만 현대에서는 소울 스톤의 엄청난 자연에너지를 이용해 무궁무진한 가능성을 창출해 낼 수 있다.

마법과 무공이 사라진 세계지만, 대신 다양한 과학기술이 고도로 발달했기 때문이다.

물론 전투 문명으로 따지면 로봇 대전이 일어났던 차원보다 수준이 떨어진다.

그러나 현대의 과학 문명은 어마어마하게 넓은 영역을 커버하고 있다.

최치우는 휴학 상태이지만, 에너지자원공학을 전공했다.

게다가 관련 분야에서 세계적인 전문가인 김도현 교수와 한배를 탔다.

소울 스톤이라는 재료로 어떤 요리를 만들 수 있을지, 그가 제시하는 비전은 결코 망상이 아니었다.

현실적인 연구 성과에 기반을 둔 목표다.

꿈의 씨앗을 품고 한국으로 가는 길, 최치우는 어느 때보다 가벼운 마음으로 비행기에 탔다.

이전과는 아예 다른 레벨로 세상을 바꿀 수 있을 것 같았다.

*　　　　　*　　　　　*

최치우는 비상 회의를 소집했다.

소집 대상자는 김도현 교수와 임동혁, 그리고 백승수가 전부였다.

이시환이 남아공에 나가 있지 않았다면 그도 불렀을 것이다.

쉽게 말해 최치우가 100% 믿을 수 있는 최측근만 소집한 비상 회의였다.

백승수는 처음으로 비상 회의에 불려 나왔다.

이제까진 최치우와 김도현 교수, 임동혁이 3인 회의로 중대 결정을 내렸다.

그래서일까.

회의에 참여하게 된 백승수의 얼굴 표정에서 결연한 의지가 엿보였다.

드디어 자신도 올림푸스의 최고 핵심 멤버로 인정받았다는 걸 느낀 것이다.

공식적인 직급이 중요한 게 아니다.

올림푸스에는 팀장인 백승수보다 더 높은 연봉을 받는 고위 직도 있다.

회사 규모가 커지면서 각 분야의 전문가들을 스카우트해 왔기 때문이다.

하지만 직급과 연봉보다 중요한 것은 최치우의 신뢰를 받느냐이다.

단순히 직원으로서 높은 대우를 받는 것과 측근으로서 신뢰를 받는 것은 다른 문제다.

백승수는 사적으로 최치우의 대학 선배이자 미래 에너지 탐사대 F.E의 선배였다.

그러나 오히려 선배라는 사실이 걸림돌처럼 느껴질 때가 많았다.

최치우는 전설을 쓰고 있는 올림푸스의 알파와 오메가다.

그의 신뢰를 받을 수만 있다면 대학 선배라는 사적인 관계는 잊어도 상관없을 것 같았다.

오늘부로 백승수는 큰 걱정을 하나 덜었다.

비상 회의에 소집됐다는 건 최측근으로 인정을 받았다는 뜻이다.

그렇기에 백승수는 무슨 일이 주어지든 목숨 걸고 해내겠다는 각오를 불태우고 있었다.

"교수님, 오랜만에 인사드립니다!"

가장 먼저 비상 회의 장소에 도착해 있던 백승수는 김도현 교수가 들어오자 허리를 90도로 숙였다.

백승수가 가장 어려워하는 사람이 바로 김도현이다.

미래 에너지 탐사대 때문이 아니다.

석사 과정 지도교수였기 때문이다.

어떻게 보면 백승수는 박사 과정을 포기하고 올림푸스를 선택한 사람이다. 그러니, 미안함을 느끼는 것도 충분히 당연한 일이었다.

그만큼 대학원생과 지도교수는 독특하게 얽인 특수 관계다.

"잘 지내고 있었지요? 치우 군을 통해 이야기 종종 들었어요."

하지만 백승수의 염려는 기우였다.

김도현 교수는 자상하게 웃으며 백승수의 등을 두드려 줬다.

원래 최치우는 백승수와 이시환을 스카우트하기 전부터 김도현 교수에게 자문을 구했다.

백승수가 생각 이상으로 최치우와 김도현 교수의 유대 관계는 끈끈하고 각별하다.

"더 열심히 하겠습니다. 감사합니다, 교수님!"

"그래요. 올림푸스에서 최선을 다하는 게 우리 학교와 과를 빛내는 길이란 걸 잊지 말아요."

김도현 교수의 격려를 받은 백승수는 감격스러운 듯 여러 번 고개를 끄덕였다.

"뭡니까, 이 분위기는. 무슨 신파 드라마라도 찍고 있는 겁니까?"

그때 마침 임동혁이 문을 열고 들어왔다.

그는 시니컬한 얼굴로 김도현 교수와 백승수를 쳐다봤다.

딱히 놀라운 일은 아니다.

임동혁이 고분고분해지는 건 오직 최치우가 있을 때뿐이다.

그 외의 경우 임동혁은 여전히 재계 최악의 망나니로 악명이 높았다.

물론 예전과 달리 유능한 망나니로 재평가를 받았지만 말이다.

"먼저들 와 있었군요."

곧바로 최치우가 모습을 드러냈다.

덕분에 임동혁은 조용해졌다.

최치우는 모여 있는 세 사람의 얼굴을 돌아보며 입을 열었다.

"교수님, 이사님, 그리고 백 팀장님. 오늘 급히 회의를 소집한 건 미국 출장의 성과를 보고하기 위해서입니다."

다들 어느 정도는 예상한 눈치였다.

최치우는 이미 공식적인 출장 보고를 마쳤다.

펜타곤과의 기술 제휴 과정을 체크한 게 이번 미국 출장의 주요 업무였다.

공식적으로 밝힐 수 있는 부분은 그게 전부였다.

그러나 최치우가 단순한 기술 제휴 체크를 위해 미국까지 날아갔을 리 없다.

그는 열흘 가까이 미국에서 머물렀다.

꽤 오랜 시간이었다.

김도현 교수와 임동혁, 백승수는 최치우가 발표할 비공식적 성과를 기대하고 있었다.

"먼저 펜타곤, 그들이 엄청난 물건을 개발했더군요."

최치우는 담담하게 설명을 계속했다.

하지만 그의 입에서 나온 말은 쉽게 감당하기 힘든 수준의 군사 기밀이었다.

"이처럼 우리 헤라클래스가 남아공에서 실전 테스트를 하게 될 미쓰릴 필드는… 현대 전쟁의 역사를 바꿀 겁니다."

최치우는 미쓰릴 필드의 성능에 대해 설명을 마쳤다.

펜타곤과 어떤 식으로 협상을 했는지도 알려줬다.

이야기를 들은 세 사람은 놀란 표정을 감추지 못했다.

임동혁과 백승수는 물론이고, 어지간해선 평정을 유지하는 김도현 교수도 동공이 커졌다.

"펜타곤의 기술력은 정말……."

"무시무시하죠. 저도 깜짝 놀랐습니다."

최치우는 김도현 교수의 말을 이어받았다.

과장을 보태지 않은 솔직한 심정이었다.

그 역시 펜타곤이 미쓰릴로 이런 연구 성과를 낼 거라고 짐작하지 못했었다.

괜히 미국의 군사력을 세계 최강이라 하는 게 아니었다.

펜타곤은 압도적인 국방비 예산을 바탕으로 언제나 최신 무기를 개발해 낸다.

최치우와 올림푸스는 그러한 펜타곤에서 심혈을 기울이는

최신 프로젝트의 파트너다.

미쓰릴 필드를 선뜻 건네받을 정도이니 동맹이라 생각해도 무방하다.

세 사람도 그 점에 있어서 더욱 놀란 것이다.

미쓰릴 필드라는 신무기의 개발도 놀랍지만, 펜타곤이 헤라 클래스를 통해 실전 테스트를 시도하는 게 더 놀라웠다.

그만큼 펜타곤은 최치우라는 인물을 높이 평가하고 있는 것 같았다.

그게 아니라면 그들이 극비 기밀을 최치우와 공유하며 함께 프로젝트를 진행할 리 없다.

스윽—

그때 최치우가 정령석을 꺼냈다.

오묘한 붉은빛을 머금은 구슬을 세 명의 시선을 사로잡았다.

"이건… 무엇입니까?"

임동혁은 눈길을 정령석에 고정시킨 채 질문을 던졌다.

그는 방금 전까지 펜타곤의 미쓰릴 필드 개발 소식에 집중하고 있었다.

그러나 정령석을 보자마자 정신을 빼앗긴 것이다.

상급 정령의 기운이 고스란히 담긴 정령석은 예사 물건이 아니다.

임동혁처럼 홀리는 게 일반적인 반응이다.

"소울 스톤, 또는 정령석이라고도 부를 수 있습니다."

"소울 스톤……."

임동혁이 정령석을 향해 손을 뻗었다.

하지만 최치우가 그를 제지했다.

"만지면 위험합니다."

"그게 무슨 말입니까? 대표님은 아무렇지 않게 만지고 있는데."

"제가 장담합니다. 만지면 위험해집니다."

최치우가 힘을 주어 또박또박 말했다.

그 위세에 임동혁도 정신을 차렸다.

그가 아는 최치우는 절대로 쓸데없는 말을 하는 사람이 아니기 때문이다.

실제로 정령석은 무궁무진한 에너지를 담고 있다.

최치우는 기진맥진 했을 때 정령석에서 기운을 얻기도 했다.

그러나 보통 사람이 정령석을 함부로 만지면 넘치는 에너지에 휩쓸리기 쉽다.

불의 정령석을 잘못 만지면 화상을 입거나 열병에 걸릴 수 있다.

잘못하면 목숨까지 잃게 된다.

임동혁과 김도현, 백승수는 눈으로만 붉은 구슬을 감상했다.

최치우는 그들을 바라보며 본론을 꺼냈다.

"미국에서 얻은 가장 큰 수확이 바로 이것, 소울 스톤입니다."

"펜타곤의 신무기, 미쓰릴 필드보다 더 귀한 것이라는 말이지요?"

"네, 교수님. 소울 스톤을 이용한 대체에너지 개발에 올림푸스의 미래를 걸어보려 합니다."

최치우는 오늘 연달아 세 사람을 놀라게 만들었다.

이제까지와는 차원이 다른, 역사를 바꿀 진짜 게임이 시작됐다.

"아무래도 오늘 모임이 길어지겠네요."

김도현 교수가 무테안경을 치켜올리며 말했다.

최치우는 부정하지 않았다.

그는 다시 입을 열어 자신의 생각을 털어놓았다.

훗날 역사의 전환점이라 평가받을 순간이었다.

*   *   *

최치우는 정령석을 김도현 교수에게 넘겼다.

불의 상급 정령인 샐러맨더를 소멸시켜 얻은 소울 스톤의 가치는 어느 정도일까.

아슬란 대륙이었다면 작은 마을 하나를 통째로 사고도 남았을 것이다.

그리고 현대에서 소울 스톤으로 대체에너지 개발이 가능해진다면, 그 가치는 천문학적으로 평가받을 게 분명하다.

그럼에도 불구하고 최치우는 주저 없이 정령석을 건넸다.

안전하게 운반할 수 있도록 직접 고안한 케이스까지 포함시켰다.

그만큼 김도현 교수를 믿기 때문이다.

최치우는 현대에도 정령들이 살아간다는 등 불필요한 이야기는 하지 않았다.

그랬다간 정령의 존재부터 속성, 능력까지 설명할 게 너무 많아진다.

그저 불가사의한 자연의 힘을 지닌 소울 스톤을 어렵게 구했고, 앞으로도 구할 수 있으리란 말로 충분했다.

최치우는 김도현 교수를 통해 보다 큰 그림을 그리고 있었다.

모교인 S대와 함께 산학 협력 모델을 만들려는 것이다.

필요한 연구 인력과 장비는 S대에서 빌려오고, 올림푸스가 비즈니스를 전담한다.

서로 남는 게 많은 장사다.

어차피 지금 상황에서 소울 스톤을 이용한 대체에너지 개발 연구를 맡길 만한 사람은 김도현 교수밖에 없다.

해당 분야의 세계적인 석학이자 천재인 김도현 교수의 연구 능력을 믿어야 한다.

물론 소울 스톤을 미국 연구기관에 넘기면 더 빨리 성과를 낼지 모른다.

하지만 대체에너지 개발의 과실을 그들과 나눌 수밖에 없다.

최치우는 정령석, 소울 스톤을 이용한 대체에너지 개발만큼은 온전히 자신의 영역에 두고 싶었다.

인류의 미래를 바꿀 엄청난 프로젝트이기에 모든 부분을 직접 다스리려는 것이다.

'교수님을 믿자.'

최치우가 건넨 소울 스톤은 당연히 불의 속성을 지니고 있었다.

그 안에서 화력 에너지를 추출할 수 있다면 세기의 발견이 될 것이다.

허무맹랑한 바람이 아니다.

최치우는 충분한 가능성이 있다고 확신했다.

그렇지 않았다면 목숨 걸고 샐러맨더와 싸울 이유도 없었다.

불의 상급 정령석은 수치로 따지기 힘든 에너지를 머금고 있다.

소울 스톤에 내재된 불의 기운이 작용하는 원리를 찾아낸다면, 그야말로 역사가 바뀔 것이다.

기존의 대체에너지 개발 회사에 거금을 투자한 에릭 한센과 네오메이슨은 닭 쫓던 개 신세가 될 수밖에 없다.

단순히 에릭 한센을 이기고 지고의 문제가 아니다.

에너지 패러다임을 바꾼다는 것은 미래의 패권을 손에 넣는다는 뜻이다.

석유를 놓고 세계의 패권 경쟁이 벌어졌고, 중동의 가난했던 산유국들은 하루아침에 엄청난 부를 쌓았다.

그 과정에서 각자 명분은 다르지만 석유를 놓고 전쟁이 벌어지기도 했었다.

올림푸스가 특별한 방식으로 대체에너지를 개발하는 데 성공하면 기름이 철철 넘쳐흐르는 유전을 확보한 것과 마찬가지다.

아니, 미래에도 지속 가능한 에너지라는 점에서 유전 이상의 가치를 지닌다.

에릭 한센과의 마찰을 통한 나비효과로 최치우는 소울 스톤까지 손에 넣었다.

올림푸스의 시가총액은 3조 원.

이제 최치우는 시총을 30조가 아닌 300조로 끌어 올리는 여정을 시작했다.

험난한 장애물이 수없이 앞길을 가로막겠지만, 모두 박살 낼 각오로 출발점에 섰다.

에너지 패러다임을 바꾸기 위해서는 기존의 패권을 잡은 세계의 강자들과 한판 붙을 수밖에 없다.

최치우는 자신이 내딛은 걸음의 의미를 누구보다 잘 알고 있었다.

'주사위는 이미 던져졌다.'

그 옛날 로마와 세계를 지배했던 카이사르의 격언이 최치우에게서 되풀이됐다.

카이사르는 세계의 중심을 로마로 옮긴 장본인이다.

최치우도 새로운 에너지 패권을 확보해 그가 있는 곳, 대한민국과 올림푸스를 세계의 중심으로 만들 것이다.

이미 역사는 바뀌고 있었다.

$$* \qquad * \qquad *$$

김도현 교수는 최치우가 참여했던 미래 에너지 탐사대를 발전시켰다.

S대 공대의 신화인 최치우를 배출한 F.E는 올림푸스와 산학협력 제휴를 맺기 위한 연구기관으로 탈바꿈됐다.

앞으로 에너지자원공학과의 우수한 인재들은 미래 에너지 탐사대 F.E에 선발되어 올림푸스의 대체에너지 프로젝트를 함께 수행하게 된다.

학생들에게는 엄청난 경력이 되고, 올림푸스는 최고의 인재와 연구력을 활용할 수 있는 것이다.

더 나아가 최치우와 김도현 교수는 세계의 석학들을 미래 에너지 탐사대에 초청할 계획이었다.

당연히 세계 최고 수준의 대우를 해줄 예정이다.

자금에 대해서는 걱정할 필요가 없다.

올림푸스는 프로메테우스의 특허권을 보유하고 있고, 남아공 광산에서도 막대한 현금을 확보할 전망이다.

최치우는 단순히 대체에너지 개발 프로젝트의 하청 기지로 S대를 이용하려는 게 아니었다.

이 기회에 열악한 한국의 연구 환경을 세계 수준으로 끌어 올리고 싶었다.

국내 최고의 대학이라는 S대 공대도 연구 예산과 인력은 처참한 수준이다.

그렇기에 매번 세계 100위 대학에도 들지 못해 전전긍긍할 수밖에 없다.

올림푸스가 연구비를 지원하고, 대체에너지 개발이라는 매력적인 장기 프로젝트까지 갖춰지면 S대의 연구 레벨은 몇 단계 점프할 수 있다.

지금의 최치우를 있게 한 미래 에너지 탐사대는 장차 한국과 아시아를 대표하는 연구기관으로 성장할 것이다.

이러한 비전을 들은 김도현 교수는 또 한 번 최치우에게 감탄했다.

리더는 비전을 제시하는 사람이다.

최치우는 언제나 상상을 초월하는 거대한 비전을 제시했고, 그것을 현실로 이뤄왔다.

새삼스러운 일이지만, 김도현 교수는 더 이상 최치우를 제자라 생각하지 않았다.

나이는 어려도 김도현 교수의 오랜 꿈을 이뤄줄 유일한 사람이자 리더로 생각하고 있었다.

김도현 교수는 최치우 덕분에 엄청난 기회를 부여받은 셈이다.

이미 세계적으로 유명한 학자지만, 소울 스톤으로 대체에너지를 개발하게 되면 역사에 영원히 이름을 남길 수 있다.

쉽게 말해 학계에서만 알아주는 사람이 아니라 교과서에 나오는 위인이 될 수도 있는 것이다.

이보다 큰 동기부여가 어디 있을까.

김도현 교수는 모든 능력과 네트워크를 동원해 미래 에너지 탐사대를 세팅하기 시작했다.

고가의 연구 장비도 들어와 소울 스톤을 분석할 준비도 차근차근 해나갔다.

S대 역시 적극적으로 협조했다.

거액의 장학금을 기탁한 최치우는 S대 역사상 손꼽히는 학교의 자랑이다.

그가 또 다시 어마어마한 자금을 투자하며 S대 공대의 경쟁력을 높여주는데 마다할 리 없다.

아예 공대 건물에 미래 에너지 탐사대의 연구실을 따로 마련해 줬다.

나중에는 최치우의 기부금으로 단독 건물이 새로 생길지 모른다.

S대와 김도현 교수가 발 빠르게 움직이는 만큼 최치우도 바빠졌다.

올림푸스의 사업 현안을 체크하는 것은 루틴한 업무다.

사실 한국과 남아공의 기본 업무만 처리해도 시간이 모자라다.

하지만 거기에 더해 전 세계의 대체에너지 관련 기업을 살펴보고 있었다.

에릭 한센이 어디에 얼마나 투자를 하는지, 네오메이슨이라는 집단의 꿍꿍이는 무엇인지 파악하기 위해서다.

백승수가 방대한 자료를 수집해 특별 보고서를 만들었고, 임동혁은 재계의 비밀스러운 정보를 수집해 줬다.

덕분에 최치우는 누구보다 빠르고 정확하게 관련 지식을 업데이트할 수 있었다.

"막대한 투자금은 두 가지 갈래로 흐르고 있습니다. 첫째는 대체에너지 개발. 우리가 흔히 아는 태양광 사업이나 풍력발전처럼 원자력이나 화력 개발을 대체할 수 있는 에너지 산업에 투자되는 겁니다."

"홀홀, 그렇다면 두 번째 흐름은 어디로 가고 있나?"

최치우의 앞에는 백발이 성성한 할머니가 앉아 있었다.

올림푸스의 대표인 최치우가 평범한 할머니에게 이토록 전문적인 이야기를 할 리는 없다.

최치우는 기괴한 웃음소리를 내는 할머니를 똑바로 쳐다봤다.

"전기 자동차입니다. 기름이 아닌 전기로 움직이는 자동차 개발에 수십, 수백조의 돈이 투자되고 있습니다."

"우리나라는 한참 뒤쳐져 있지. 멍청한 놈들, 강남에 땅이나 사고 말이야."

놀랍게도 할머니는 전기차 사업의 핵심을 꿰뚫고 있었다.

한국을 대표하는 현기자동차그룹은 몇 년 전 강남의 금싸라기 땅을 10조 원에 매입했다.

그 돈을 전기차 사업에 투자했다면, 하다못해 외국의 자동차 브랜드를 인수하는 데 썼다면 어땠을까.

현기 그룹은 세계 5위의 자동차 회사지만, 빠르게 다가오는 미래를 읽지 못했다.

전기차 연구 주도권을 완전히 상실했고, 차를 아무리 많이 팔아도 주가는 계속 떨어졌다.

투자자들은 언제나 현재보다 미래 가치를 바라보고 주식을 사기 때문이다.

간단해 보이지만 전문가가 아니면 알기 어려운 내용이다.

그런데 70대 이상으로 보이는 할머니는 무척 독특해 보였다.

한 문장으로 가볍게 산업의 흐름을 진단하고 있었다.

평범한 노파처럼 보이지만 내공이 만만치 않은 것이다.

"그래서 자네는 어디다 투자를 할 생각인 게야?"

할머니는 편안한 말투로 질문을 했다.

최치우와 독대를 하고, 투자 방향을 물을 수 있는 사람은 극소수다.

최치우는 자신을 향해 질문을 해오는 할머니를 바라보며 부드러운 미소를 지었다.

눈앞의 할머니에게는 최치우에게 그렇게 행동할 만한 자격이 있었다.

"당장의 투자 수익을 생각한다면 전기 자동차 관련주를 사야겠죠. 그러나 올림푸스는 대체에너지 개발에 전력을 쏟기로 했습니다."

"S대에서 만든다는 미래 에너지 탐사대, 거기 들어간 돈도 자네가 대는 게지?"

"다 아시면서 물어보셨군요, 어르신."

할머니는 올림푸스의 자금 흐름도 알고 있었다.

아직 공식적으로 발표하지 않은 S대 미래 에너지 탐사대와의 산학 협력도 눈치챘다.

그럼에도 불구하고 최치우는 놀라지 않았다.

수십 년 전부터 명동에서 돈놀이를 해왔고, 이제는 평범한 사람이 아닌 재벌 및 대기업에 급전을 빌려주는 단 한 사람.

한국에서 가장 많은 현금을 가졌다고 알려진 큰손, 전금녀라면 충분히 가능한 일이다.

최치우와 전금녀의 만남이 알려지면 온갖 소문이 다 날 터였다.

대기업 오너 또는 3선 이상의 실세 국회의원 정도가 되어야 전금녀를 만날 수 있다.

전금녀는 대중들에게 알려진 인물은 아니다.

그러나 재계와 정계에서 그녀의 이름을 모르면 간첩이다.

3년 전, 부전그룹이 유동성 위기에 빠졌을 때 전금녀가 급전을 빌려주지 않았다면 100% 부도가 났을 것이다.

전금녀는 대기업의 부도를 막을 수 있을 정도의 현금을 보유하고 있었다. 보통 사람이라면 상상하기도 힘들 정도의 금액이다.

재산과 현금은 다른 개념이다.

최치우의 자산은 1조 5천억 원가량이지만, 대부분 올림푸스의 주식으로 묶여 있다.

바로 활용이 가능한 현금은 얼마 되지 않는다.

그런데 전금녀는 최소 수천억 원의 현금을 보유한 것으로 알려졌다.

자산은 최치우나 다른 재벌 회장들보다 적더라도 언제든 바로 꺼내 쓸 수 있는 현금이 그녀가 가지고 있는 최고 무기였다.

"홀홀홀, 그럼 이 늙은이를 보자고 한 건 돈이 부족해서인가?"

전금녀가 곧장 본론을 꺼냈다.

그녀를 찾는 사람들은 백이면 백, 돈을 빌리려 한다.

그게 아니면 굳이 괴팍한 성격의 할머니를 만날 이유가 없다.

그러나 최치우는 고개를 저었다.

"당장 돈이 부족하진 않습니다. 세계 최고의 전문가들을 초빙하고, 값비싼 연구 장비를 구입해도 버틸 수 있습니다."

"홀홀, 남아공 광산을 먹었으니 그럴 만도 허지."

전금녀는 올림푸스의 현금 보유량이 늘어난 이유도 정확히 알고 있었다.

물론 남아공 광산이 대단한 비밀은 아니었다.

하지만 그녀가 올림푸스 소식에 관심을 갖고 있는 것은 분명했다.

"돈이 부족하지도 않다면… 무엇 때문에 이 늙은이를 불러 자세한 설명을 해주는지 점점 더 궁금해지네."

"올림푸스가 아닌 다른 회사에 투자해 주십시오."

"다른 회사라?"

"전기차 관련 주식으로 장난을 치는 세력이 있습니다. 어르신이 도와주시면 그들을 막고, 미래를 여는 회사들을 지킬 수 있습니다. 당연히 장기적인 이익도 보장될 겁니다."

최치우는 승부수를 던졌다.

소울 스톤을 이용한 대체에너지 개발이 첫 번째 승부라면, 에릭 한센과 네오메이슨이 주식으로 장난치는 걸 막는 게 두 번째 승부다.

에릭은 전기차 회사들을 인수 합병 하며 시장을 교란시키고 있다.

오직 주식을 싸게 사서 비싸게 팔기 위해 애쓰느라 여러 회사들이 망가졌다.

만약 전금녀의 현금으로 에릭의 전횡을 막을 수 있다면, 그래서 전기차 회사들이 원래대로 연구 개발에 집중할 수 있다면 미래는 한층 가까이 다가올 것이다.

동시에 에릭 한센의 투자 포트폴리오를 뒤흔들 수도 있다.

"내 돈으로 작전 세력과 싸우라는 말인데……. 홀홀, 더 들어봐야겠지만 재미있는 이야기일세."

전금녀는 흥미를 보였다.

최치우라는 특별한 인물의 제안이기 때문에 가산점이 부여됐을 것이다.

"자세한 현황을 보여 드리겠습니다."

최치우는 더욱 짙은 미소를 지으며 모니터 화면을 켰다.

그는 가능한 모든 방법을 동원하고 있었다.

단순한 경쟁이 아닌, 진짜 전쟁을 시작했기 때문이다.

최치우의 계획대로 일이 풀리면 에릭 한센은 심각한 위기를 맞이하게 된다.

네오메이슨도 다급히 실체를 드러낼 수밖에 없을 것이다.

대체에너지와 전기차.

인류의 미래가 달린 두 가지 분야에서 소리 없는 총성이 울리고 있었다.

최치우와 에릭 한센 중 누군가 한 명은 반드시 바닥으로 추락할 것 같았다.

6장
큰
손

전금녀는 다시 연락하겠다는 말을 남기고 돌아갔다.

최치우는 홀가분한 기분이 들었다.

어차피 선택은 그녀 스스로 내려야 한다.

수십 년 동안 역경의 세월을 살아오며 산전수전 다 겪은 사람이 바로 전금녀다.

재벌들에게 현금을 빌려주는 존재가 되기까지 얼마나 많은 고난이 있었는지 상상하기도 어렵다.

최치우는 최선을 다해 투자의 필요성을 설명했다.

이 시점에서 세계적인 전기차 회사들의 지분을 구매하면 반드시 큰돈을 벌 수 있다.

당장은 주가가 오르락내리락 하겠지만, 3년만 지나면 엄청난 상승장을 맞이하게 될 것이다.

최치우도 단순히 돈만 벌기 위해서라면 주식 투자를 하면 된다.

하지만 그는 가는 길이 다르다.

여유 자금을 새로운 사업에 투자해 세상의 신비를 밝혀내고, 고용을 창출하는 것이 올림푸스의 역할이다.

돈으로 돈을 불리는 방식은 최치우에게 어울리지 않는다.

그의 목표는 단순히 부자가 되는 게 아니라 세계를 바꾸는 것이기 때문이다.

그런 면에서 전금녀는 다시없을 적임자다.

우선 어마어마한 현금 자산을 가졌고, 평생 돈놀이를 해왔으니 감각도 탁월할 것이다.

올림푸스의 유동성 현금은 소울 스톤을 연구하는 데 사용해야 한다.

뿐만 아니라 남아공의 광산도 지속적으로 개발할 계획이다.

현재 2개의 광산에서 채굴이 진행 중이고, 20개의 광산을 모두 개발하려면 막대한 자금이 필요하다.

만약 전금녀가 최치우의 제안을 받아들이면 고민을 덜 수 있다.

에릭은 몇몇 전기차 회사의 지분을 대량으로 사들여 대주주가 됐다.

어제오늘 일이 아니다.

몇 년 전부터 지속해 온 작전이었다.

때가 무르익었다고 판단한 그는 슬슬 이빨을 드러내고 있었다.

전기차 회사는 아직까지 현재의 매출보다 미래의 가능성이 높을 수밖에 없다.

그럼에도 불구하고 에릭은 대주주 자격으로 재무 개선을 위한 대량 해고 등 구조 조정을 강하게 요구했다.

그렇게 되면 당장 회사의 현금 흐름과 재무 상황은 좋아진다.

자연스레 주가는 오를 것이고, 비싸게 주식을 팔아치울 기회가 생긴다.

아니면 허수아비 경영진을 내세워 회사를 통째로 접수할 수도 있다.

이제껏 에릭과 네오메이슨이 주요 기업을 인수하고 망가뜨린 작전 그대로였다.

그들은 우수 인력이 유출되며 회사의 미래 동력이 약해지는 것은 개의치 않았다.

겉으로는 미래 산업에 투자하는 척 좋은 이미지를 만들지만, 실상은 추악한 금융 자본일 뿐이다.

"전금녀 여사가 T 모터스 주식에 이천 억을 투자하고, 드림모터스에 천 억을 부으면… 주주총회에서 에릭 한센이 마음대로 날뛸 수는 없긴 할 겁니다."

임동혁은 최치우의 시나리오를 전해 듣고 고개를 끄덕였다.

전금녀 여사와 최치우가 만날 수 있게 다리를 놓은 장본인이 바로 임동혁이었다.

한영 그룹의 후계자답게 국내 최고의 현금 부자를 알고 있었던 것이다.

최치우는 임동혁을 바라보며 더 중요한 이야기를 했다.

"그게 전부가 아니죠. 에릭은 자기 목소리를 높이기 위해 의도적으로 T 모터스와 드림 모터스의 주가를 떨어뜨리고 있습니다. 하지만 전금녀 여사의 자금이 들어가면 인위적으로 떨어지던 주가가 상승세로 돌아서게 될 겁니다."

"그런데 삼천 억이면 전금녀 여사에게도 작은 돈이 아닙니다. 과연 대표님의 제안을 받아들이겠습니까?"

"장담할 수 없죠. 그러나 눈빛이 다르더군요."

최치우가 의미심장한 말을 꺼냈다.

그는 전금녀의 눈에서 남들이 보지 못하는 것을 읽었다.

"그냥 돈이 많은 할머니가 아니라… 승부사의 눈빛이었습니다."

정확히 말하면 전사의 눈빛이다.

전금녀가 다른 차원에 태어났다면 전쟁터를 호령하는 여걸이 됐을 것 같았다.

최치우는 그녀의 승부사 본성이 빛을 발할 거라 예상했다.

전기차 회사에 3,000억 이상을 투자하고, 주식이 오르면 그녀는 떼돈을 벌게 된다.

10%의 수익률만 거둬도 무려 300억이다.

물론 돈놀이를 해도 만만치 않은 수익을 얻을 수 있지만, 이

건 레벨이 다른 게임이다.

한국에서 일가를 이룬 여걸 전금녀라면 세계 무대에서 한번 놀아보고픈 욕심이 있을 것이다.

원래 사람은 돈이 생기면 명예를 탐내게 마련이다.

특히 나이가 들수록 명예에 대한 집착은 돈 욕심보다 커진 다.

아무리 재계에서 알아주는 큰손이라 해도 전금녀는 그림자 속 숨겨진 사람이다.

하지만 T 모터스나 드림 모터스의 대주주가 되고, 최치우의 말대로 경영권을 방어하는 입장에 서면 세계적인 엔젤 투자자 로 존경을 받을 수 있다.

예전 같았으면 전금녀는 망설이지 않고 최치우의 제안을 거 절했을 것이다.

그러나 언제 세상을 떠날지 모르는 70대 노인이 된 지금, 여 걸의 마음은 흔들리고 있었다.

"시간을 오래 끌 것 같긴 않았습니다. 전금녀 여사의 결정은 뒤로하고, 우린 또 다른 카드도 준비해야죠."

"청와대에는 펜타곤의 신무기를 테스트하게 됐다고 전달했 습니다."

"꼬치꼬치 캐묻진 않던가요?"

"극비 사항을 다 공개하면 외교 문제로 번질 수 있다는 사실 을 청와대에서도 인지하고 있습니다."

"나행히 현실 감각이 있군요."

"홍석진 특보, 보통 사람이 아니지 않습니까."

임동혁의 보고를 들은 최치우는 묘한 미소를 지었다.

올림푸스는 펜타곤과 기술 제휴를 맺은 걸 계기로 한국 정부와도 약속을 했다.

중요한 정보를 공유하기로 한 것이다.

대신 청와대는 올림푸스와 최치우에게 우호적인 태도를 취한다.

실제로 유영조 대통령이 네오메이슨의 존재를 알려줬고, 최치우는 그에게 자신의 능력을 일정 부분 보여주기도 했었다.

이번에도 청와대와 올림푸스, 유영조 대통령과 최치우의 협력 관계는 흔들림이 없었다.

"그동안 대표님이, 또 우리가 열심히 뛰어 다닌 덕분에 큰 문제는 없습니다."

임동혁이 자신 있게 말했다.

과장이나 허풍이 아니었다.

올림푸스에 당장 시급한 현안은 없다.

남아공 광산 개발도 순조롭고, 위기를 겪은 헤라클래스는 누구도 무시 못 할 무장 단체로 거듭났다.

비록 테스트용이지만, 그래도 미쓰릴 필드라는 사상 초유의 신무기까지 더해졌으니 한결 든든했다.

프로메테우스의 추가 생산도 문제없었다.

30억 달러, 3조 원 규모로 데뷔한 올림푸스의 시가총액 역시 꾸준히 늘어나는 추세였다.

별다른 이슈 없이 회사의 매출이 높아지니 당연한 결과였다.

최치우가 소울 스톤을 이용한 대체에너지 개발에 온전히 집중할 수 있는 환경이 만들어졌다.

그는 두 번째 소울 스톤을 찾아 나설 작정이었다.

김도현 교수가 미래 에너지 탐사대를 제대로 세팅하고, 본격적인 연구 성과를 내려면 시간이 걸릴 수밖에 없다.

그사이 소울 스톤을 많이 찾으면 큰 힘이 될 것이다.

물론 정령이 그렇게 흔한 존재는 아니다.

하지만 경쟁자가 끝도 없었던 아슬란 대륙 때와는 다르게, 현대에는 경쟁자가 전무하다.

정령술사도, 마법사도 없는 차원이기에 정령의 존재를 아는 것은 최치우, 단 한 사람이다.

지구는 면적으로 따지면 지구는 아슬란 대륙과 비교할 수 없을 정도로 넓다.

지구의 모든 정령이 사실상 최치우의 독차지나 마찬가지인 것이다.

"드래곤 헌터도 아니고, 정령 헌터가 될 줄은 몰랐지만."

"네?"

"아무것도 아닙니다."

최치우는 무의식적으로 혼잣말을 읊조렸다.

그는 의아한 표정을 짓는 임동혁을 쳐다보며 화제를 돌렸다.

"전금녀 여사의 연락을 받고, 그다음엔 해외 일정을 잡겠습니다. 당분간 해외 출장이 잦아질 것 같습니다."

"업무 공백이 없도록 잘 챙기겠습니다."

최치우는 새삼 임동혁이 믿음직스럽다는 생각을 했다.

처음 만났을 때는 재벌가의 미치광이였고, 지금도 사람 자체가 달라지진 않았다.

그렇지만 임동혁도 분명 성장했다.

올림푸스에 자신의 인생을 걸면서 성숙한 모습을 보여주고 있었다.

"이사님 덕분에 마음이 놓입니다."

"무슨 그런 말씀을. 대표님, 혹시 어디 아픈 거 아닙니까?"

둘은 서로를 보며 피식 웃음을 터뜨렸다.

CEO 최치우, CFO 임동혁이 있는 한 올림푸스는 어떤 상황에서도 흔들리지 않을 것 같았다.

*   *   *

최치우와 전금녀는 올림푸스의 여의도 사무실에서 만나 중요한 이야기를 나눴다.

그로부터 사흘이 지났다.

그동안 전금녀는 어떤 연락도 없었다.

추가로 이것저것 물어볼 법도 했지만, 일체 감감무소식이었다.

투자를 제안한 입장에서는 초조해질 수밖에 없다.

보통 이런 경우 먼저 연락을 해 의향이나 심경 변화를 물어보게 마련이다.

하지만 최치우는 전금녀라는 사람을 잊어버린 것처럼 행동했다.

연락을 먼저 하지 않는 것은 물론, 주요 회의에서도 그녀를 언급하지 않았다.

이유는 간단했다.

전금녀가 삼천 억을 투자하지 않아도 에릭 한센과 네오메이슨을 상대할 수 있기 때문이다.

물론 대한민국 제일의 큰손인 그녀가 나서주면 천군만마와 같을 것이다.

그렇게 된다면 올림푸스는 대체에너지 개발에 집중하면서 에릭 한센의 계획을 봉인시킬 수 있다.

그러나 특정인 한 사람에게 절대적으로 의지해야 할 만큼 올림푸스의 저력이 약하지 않다.

전금녀는 있으면 좋은 플러스 옵션일 뿐, 최치우의 행보에 있어 필수적인 요소는 아니었다.

그렇기에 연락이 오건 말건 연연하지 않고 당당할 수 있는 것이다.

오히려 이런 태도가 신뢰를 사는 데 용이하다.

구질구질하게 매달리는 사람보다는 알아서 자기 일에 매진하는 사람을 믿을 수밖에 없다.

아니나 다를까.

최치우는 한강이 노을로 붉게 물들 즈음, 전금녀의 전화를 받았다.

사흘 만에 온 연락이었다.

―최 대표, 내 전화가 너무 늦은 것은 아니겠지?

"쉽게 결정할 문제가 아니란 것을 잘 알고 있습니다."

―홀홀홀, 아직 23살인 사람이 생각하고 말하는 건 꼭 늙은이 같아서 신기하네.

"칭찬으로 듣겠습니다."

―칭찬이고말고. 내심 사흘 동안 자네에게서 연락이 올 거라 예상했네만… 보기 좋게 빗나가고 말았지 뭔가.

"저는 제안을 했고, 선택과 책임 모두 어르신의 몫이니 제가 재촉할 수는 없지요."

―참으로 정석이면서 능구렁이 같은 대답이네. 그래, 내 늦지 않았다면 오늘 시간이 어떤가?

"어디로 가면 될까요?"

최치우는 저녁 일정을 확인하지 않았다.

다른 약속이 있어도 미뤄야 했다.

전금녀가 거절의 뜻을 밝히기 위해 만나자고 전화를 걸었을 리 없다.

'팔부능선을 넘었다.'

특별한 변수만 생기지 않는다면, 전금녀의 3,000억 원은 에릭 한센을 옥죄는 무기가 될 것이다.

여동생의 스캔들로 주춤한 에릭 한센은 더 오래 발이 묶이게 된다.

그동안 올림푸스는 소울 스톤으로 대체에너지를 개발할 시간을 번 셈이다.

―명동으로 오게나. 보여주고 싶은 게 있네.

"바로 가겠습니다."

최치우는 예사롭지 않은 기분이 들었다.

전금녀가 다른 곳도 아닌 명동으로 자신을 불렀기 때문이다.

명동은 그녀가 수십 년 넘게 돈놀이를 해온 터전이다.

굳이 베일에 싸인 본거지로 최치우를 부른다는 것은 의미가 남달랐다.

단순히 투자만 하기 위해서라면 다른 장소에서 만나도 된다.

최치우는 폰으로 날아온 메시지 주소를 조회했다.

"특별한 건물은 아닌데… 일단 가봐야 알겠지."

전금녀가 정확히 무슨 생각을 하는지 부딪쳐 보는 수밖에 없다.

현금 3,000억이라는 칼을 대신 휘둘러 줄 사람이다.

최치우는 망설이지 않고 자리에서 일어나 외투를 챙겼다.

어느덧 쌀쌀해진 날씨는 곧 겨울이 다가올 것을 암시하고 있었다.

대한민국 제일의 현금 부자를 다시 만나기 위해 최치우가 움직였다.

사람들이 모르는 사이에도 이렇듯 세상의 물결은 거세게 요

동친다.

최치우는 급격한 변화를 만들어내는 중심이 됐다.

태풍의 눈이 명동으로 향하고 있었다.

*　　　　　*　　　　　*

최치우는 명동의 은행 지점 입구에서 전금녀를 만났다.

그녀는 깔끔하지만 수수한 차림이었고, 누구의 주목도 끌지 않았다.

당연히 알아보는 사람도 없었다.

거리의 평범한 할머니와 다를 게 하나도 없어 보이기 때문이다.

오히려 눈썰미 있는 사람들은 최치우를 알아봤다.

최치우는 연예인보다 높은 인기와 명성을 누리고 있다.

한국이 아니라 미국이나 유럽의 대도시에 가도 알아보는 사람이 있을 정도였다.

21세기 이후 대한민국이 낳은 최고의 스타 CEO라는 평가가 과언이 아닌 것이다.

"대바아악! 저 사람 최치우 맞지?"

"응? 어디?"

"저기, 저기 할머니랑 이야기하고 있는 사람! 올림푸스 최치우잖아!"

"어, 어! 진짜다—!"

사람들이 수군거리는 소리가 조금씩 커졌다.

전금녀는 웃음을 흘리며 최치우의 유명세를 직접 확인했다.

"홀홀홀, 확실히 세계적인 스타는 뭔가 다르구만."

"불편하시면 자리를 옮길까요?"

"아니, 어차피 여기서 볼일이 있으니까 말이네."

은행은 오후 4시면 문을 닫는다.

물론 내부에서는 직원들이 밤늦도록 야근을 하는 게 일상이다.

그러나 외부인이 안으로 들어갈 수는 없다.

그럼에도 불구하고 전금녀는 영업이 끝난 은행 건물에 볼일이 있다고 말했다.

"들어가지. 더 있다간 자네 팬들로 움직이기 힘들어지겠네."

"어디로 가시는 것인지 모르겠습니다."

"어디긴 어딘가. 은행에 가는 게지."

"하지만 지금은 영업시간이 끝났습니다."

"홀홀, 자네 이 전금녀를 너무 낮춰 보는 거 아닌가?"

전금녀가 의미심장한 말을 남겼다.

그녀는 여장부처럼 앞장서 걸었다.

최치우는 전금녀의 뒤를 따라 건물 안으로 들어갔다.

어차피 계속 밖에 서 있을 수도 없었다.

몰려든 사람들이 스마트폰으로 사진을 찍기 시작해 슬슬 부담스러워지던 참이다.

삐빅—

전금녀는 굳게 닫힌 은행 문을 잠시 쳐다보다 비상벨을 눌렀다.

만약을 대비해 비상벨을 누르면 내부와 스피커폰으로 소통을 할 수 있게 만들어 놓았다.

그러나 아무리 사정이 급해도 4시 이후에는 은행에서 문을 열어주진 않았다.

좋은 말로 타이르거나 청원 경찰을 불러서 쫓아낼 뿐이다.

—영업시간 끝났습니다.

역시 스피커폰 너머로 딱딱한 목소리가 흘러나왔다.

혹시나 했지만, 은행과 미리 약속을 해둔 것도 아니었다.

하지만 상황은 금방 반전됐다.

"나 전금녀일세."

—아… 회장님!

"홀홀, 회장 아니래도 그러네. 그렇게 부르지 말라고 몇 번을 말해야 해?"

—앗, 죄송합니다. 금방 모시겠습니다.

놀라운 일이었다.

옆에서 직접 보고도 믿기 힘들었다.

전금녀는 그저 자신의 이름을 말했을 뿐이다.

그런데 은행 직원의 태도가 갑자기 180도 달라졌다.

말만 앞서는 게 아니었다.

곧바로 닫혀 있던 문이 열리고, 은행 직원이 전금녀를 맞이

했다.

스피커폰으로 응대를 한 여직원만 나온 게 아니었다.

한눈에 봐도 직급이 높아 보이는 중년 남성도 같이 허리를 숙이고 있었다.

"오랜만에 인사드립니다, 어르신."

"그래, 그래. 한 지점장도 별일 없었는가?"

"어르신 덕분에 무탈했습니다."

중년 남성은 이곳의 지점장이었다.

메이저 시중 은행의 지점장은 사회에서 대기업 임원, 혹은 그 이상의 대우를 받는다.

그런 사람이 영업시간을 한참 넘겨 찾아온 전금녀를 극진히 모셨다.

'확실히 대단한 할머니야.'

최치우는 다시금 전금녀의 저력을 인정할 수밖에 없었다.

은행 입장에서는 현금을 많이 보유한 고객이 VVIP다.

사람들이 잘 모르지만, 은행 지점도 돈이 급히 필요할 때가 종종 있다.

은행이라고 해서 돈을 무한정 찍어내 가지는 건 아니기 때문이다.

전금녀는 대기업에 급한 돈을 빌려주듯 은행의 부탁도 들어줬다.

평상시 각 지점마다 수백억에서 천억 이상의 예금을 맡겨두는 것은 물론이다.

특히 그녀의 본거지인 명동이라면, 은행 지점장이 버선발로 뛰어나오는 게 당연한 일이었다.

"같이 오신 분은……. 아!"

지점장이 최치우를 쳐다보다 탄성을 흘렸다.

올림푸스의 CEO 최치우임을 뒤늦게 알아본 것이다.

"늦게 알아보는구만. 이 노친네보다 훨씬 유명한 사람인데 말이야."

전금녀의 말이 지점장을 곤란하게 만들었다.

실제로 대중적 인지도나 위상은 최치우가 훨씬 높다.

그러나 수긍하면 전금녀에게 실례를 하는 셈이다.

명동의 은행 지점장 입장에서는 전금녀가 대통령 못지않은 VIP다.

그는 제대로 대답을 못하고 말꼬리를 흘렸다.

"아, 그게……."

"홀홀홀. 됐네, 이 사람아. 내 금고 좀 보려고 왔네."

"네! 모시겠습니다."

전금녀가 본론을 꺼냈다.

위기를 모면한 지점장은 땀을 닦으며 등을 돌렸다.

은행의 지점장을 이토록 쩔쩔매게 만들 수 있는 사람은 대한민국에 몇 없다.

최치우는 새삼 현금 보유량의 중요성을 느끼고 있었다.

자산의 규모, 세계적인 영향력만큼 주머니 속 현금도 무서운 것이다.

타닥— 타다닥—

영업이 끝난 은행 안은 키보드 두드리는 소리만 울렸다.

직원들은 모니터에 고개를 박고 업무를 마치는 데 열중하고 있었다.

대출, 펀드, 당일 업무 계산 등 은행 직원들의 진짜 일은 오후 4시 이후에 시작된다고 해도 과언이 아니다.

그렇지만 다들 전금녀를 향해 목례를 했다.

바쁜 와중에도 예의를 갖추는 것이다.

전금녀도 손자, 손녀 같은 직원들을 격려하며 지점장을 따라 걸어갔다.

"고생이 많지? 내 조만간 보약이라도 돌릴 테니 기운들 내게."

아무리 봐도 그녀는 단순한 VIP 고객이 아닌 것 같았다.

지점장은 금고로 들어가는 육중한 문을 열었다.

비밀번호와 지문 인식은 물론이고, 지점장의 승인이 없으면 누구도 들어갈 수 없는 금고다.

최치우도 은행 지점의 내부 금고에 들어가는 것은 처음이었다.

쿠구구궁—!

첫 번째 보안 문이 열렸다.

업무에 집중하던 직원들도 슬금슬금 고개를 돌려 금고를 쳐다봤다.

전금녀가 금고에 들어가는 건 종종 있는 일이다.

그럼에도 여전히 은행 지점 금고가 외부인에게 개방되는 모습이 신기한 것이다.

모름지기 금고란 은행의 심장인 동시에 금단의 영역이다.

대부분의 거래가 온라인으로 이뤄져도 실제로 보고 만질 수 있는 돈이 없으면 허상에 불과하다.

삐비빅— 삐—!

지점장은 육중한 문을 연 이후로도 몇 개의 잠금장치를 더 해제했다.

심지어 금고 안에 갈림길도 있었다.

용도에 따라 몇 개의 작은 금고들이 나뉘어져 있는 것이다.

'밖에서 예상하는 것과 달리 상당히 크고 넓다.'

최치우는 처음 구경하는 금고 내부를 꼼꼼히 확인했다.

은행 강도가 될 일은 없지만, 오늘의 경험이 나중에 쓸모가 있을 것 같았다.

이를테면 개인 금고를 설계하는 데 참고할 수도 있으니까.

"그럼… 열겠습니다, 어르신."

지점장이 마지막 관문 앞에 다다랐다.

전금녀는 말없이 고개를 끄덕였다.

최치우도 시선을 돌려 집중할 수밖에 없었다.

명동의 큰손 전금녀가 자신을 은행 내부로 데려온 이유가 곧 드러날 것이다.

"고맙네, 한 지점장. 잠시 최 대표와 이야기 좀 나눠도 되겠나?"

"여부가 있겠습니까. 조금 떨어져 기다리고 있겠습니다."

"오늘의 배려, 내 오래 기억해 두지."

"감사합니다."

지점장은 마지막 관문의 비밀번호를 입력하고 물러났다.

바로 앞 잠금장치까지 떨어져 전금녀와 최치우를 기다리려
는 것이다.

최치우는 멀어지는 지점장을 쳐다보지 않았다.

드디어 전금녀의 전용 금고가 공개됐기 때문이다.

"홀홀, 어떤가?"

"예상은 했지만… 기대 이상이군요."

"그럴게야. 이걸 보고도 크게 놀라지 않는 건 역시 자네가
난사람이라 그렇겠지."

최치우는 놀라운 감정을 숨기지 않았고, 전금녀는 이만큼 평
정을 유지하는 그를 인정했다.

열린 문 너머 최치우의 눈앞에는 5만 원권 다발이 산처럼 쌓
여 있었다.

최치우가 태어나서 본 현찰 중 가장 많은 액수일 것이다.

그는 뉴욕 증시에 상장을 하며 보유 지분이 1조를 넘어가는
걸 확인했다.

뿐만 아니라 개인 계좌에도 당장 쓸 수 있는 금액이 수백억
원 이상이다.

하지만 모두 주식 시장과 통장에 찍힌 숫자일 뿐, 현찰로 본
적은 없었다.

물론 굳이 현찰을 뽑아서 확인할 필요도 없다.

그래도 막상 어마어마한 양의 현금 더미를 보니 기분이 묘했다.

평범한 아파트 안방 정도 크기의 금고가 신사임당으로 빽빽이 차 있었다.

"홀홀, 현찰로는 이 지점에다 제일 많이 보관해 두었네. 다른 은행 지점과 몇 개의 개인 금고도 따로 있지."

"대단하십니다."

최치우는 순수하게 칭찬을 했다.

전금녀는 좋은 학교를 나오지도 않았고, 배경이 좋은 금수저도 아니다.

결혼도 하지 않은 여자 혼자만의 몸으로 전쟁을 겪으며 돈을 벌었다.

그녀의 삶에는 한국의 현대사가 녹아 있다.

단지 돈이 많아서가 아니라 그 끈기와 집념에 박수를 보낼 수밖에 없었다.

"자네를 굳이 은행으로 불러서 금고까지 보여준 것은 한 가지 당부를 하기 위함이야. 백문이불여일견이라, 눈으로 보고 들으면 마음에 오래 남지 않겠는가."

"맞습니다. 은행 금고는 제게도 낯선 곳이라서 오늘을 오래 기억할 것 같습니다."

"홀홀, 잘되었구만. 나는 요즘 사람들처럼 똑똑하지 못해서 금융이니 투자니, 세계 경제니 이런 건 잘 모르네. 그런데 어떻게 이 나이 먹도록 돈놀이로 성공했는지 아는가?"

"모르겠습니다. 그래서 알고 싶습니다."

진심이었다.

최치우가 이제 와서 전금녀에게 경영이나 투자 기법을 배울 일은 없다.

다만 역동의 시대를 온몸으로 살아낸 할머니의 인생관이 궁금했다.

거기서 약간의 지혜만 깨달을 수 있어도 돈으로 못 살 교훈을 얻는 셈이다.

최치우의 진지한 눈빛을 본 전금녀가 고개를 끄덕거리며 말했다.

"사실 별거 없었지. 돈을 숫자로 보지 않는다는 것, 그리고 돈을 숫자로 생각하는 놈들에겐 절대 내 돈을 빌려주지 않는다는 것뿐이었네."

"돈을 숫자로 보지 않는다……."

곱씹을수록 의미가 크게 느껴지는 말이었다.

최치우는 전금녀가 어떤 뜻으로 자신의 인생관을 말하는지 조금은 알 것 같았다.

"여기 금고에 쌓인 현금만 오백억 정도 될 걸세. 자네도 알겠지만, 보통 은행 지점에는 기껏해야 현금 오억이 전부라네. 명동 지점은 예로부터 본점 못지않게 특별한 곳이라 가능한 일이지."

"확실히 금고의 규모부터 구조까지 평범한 은행은 아닌 것 같습니다."

"헌데 말이야, 이 오백 억을 눈으로 보면 대단하지 않나? 그런데 숫자로 보면 별거 아니지. 0이 좀 많구나, 하고 끝나는 거야."

"그럴 수도 있겠습니다."

착—

말을 이어가던 전금녀가 돈더미에서 오만 원 지폐 한 장을 집어 들었다.

"현실에서는 오만 원, 이거 한 장이 없어서 눈물을 흘리는 사람들이 허다하네. 심지어 목숨을 끊는 경우도 있지. 전기세를 못 내 자살한 모녀도 있지 않았나?"

"……"

최치우는 전금녀의 이야기를 경청하고 있었다.

단순히 현금만 많은 수전노 노인의 꼰대질이 아니다.

삼천억 투자 여부를 떠나 최치우에게 많은 깨달음을 주는 시간이었다.

"돈이란 건 무릇 여러 사람들의 피땀으로 만들어진 물건임을 잊지 말게. 이 노친네의 눈물과 억울함, 수치, 분노, 그 모든 오욕의 세월 또한 담겨 있지. 자네가 제안한 삼천억… 또 자네가 이미 이룬 일조가 넘는 돈과 앞으로 벌게 될 돈까지……. 단순한 숫자가 아닌 수만 명, 수십만 명의 피땀으로 생각해 줄 수 있겠는가?"

최치우는 망치로 머리를 한 대 맞은 느낌이었다.

어느 차원에나 그에게 깨달음을 주는 현자들이 존재했다.

이번에는 바득바득 현금을 모은 할머니 전금녀의 모습으로 현자가 찾아온 것 같았다.

전금녀는 단지 말년의 영광을 위해 삼천억을 투자하려는 게 아니었다.

물론 최치우의 제안을 받고 다각도로 검토를 마쳤을 것이다.

그러나 본질적으로 최치우라는 신성(新星)에게 자신의 지난 인생을 걸고 가르침을 준 셈이었다.

"어르신의 말씀을 잊지 않겠습니다. 저의 결정에 따라 숫자가 아닌, 수많은 사람들의 삶이 달라진 다는 사실을 명심하고 움직이겠습니다."

"홀홀홀, 그래야지. 나의 시대는 진즉 끝이 났네만, 누가 새로운 시대의 주인이 될지 참으로 궁금하였네. 기꺼이 자네의 장기 말이 되어주지."

"후회하지 않으실 겁니다."

최치우는 고마운 마음을 구구절절 늘어놓지 않았다.

후회 없는 선택이 될 것이다, 라는 자신감 넘치는 대답으로 충분했다.

돈이 가득 쌓인 금고 안에서 전금녀와 최치우가 서로를 마주 봤다.

한국의 과거를 고스란히 간직한 큰손과 미래를 열어나갈 주역이 손을 잡았다.

이로 인해 거친 지각변동이 일어날 것이다.

명동에서의 만남이 세계를 뒤덮고, 에릭 한센의 숨통을 조일지 모른다.

그 순간이 다가오고 있었다.

7장

위대한 발견

　전금녀를 아군으로 만든 최치우는 얼마 지나지 않아 김도현
교수의 연락을 받았다.

　늘 평온한 태도를 유지하는 김도현 교수는 들뜬 목소리로
최치우를 불렀다.

　절대 화를 안 내는 사람이 한번 눈이 돌아가면 누구도 못 말
리는 것처럼, 평소에 차분한 사람이 흥분했을 때는 그만한 이
유가 있는 법이다.

　최치우는 전화로 자초지종을 묻지 않았다.

　그는 누구보다 깊게 김도현 교수를 신뢰하고 있었다.

　올림푸스에 최고의 인재들이 모였고, 이시환과 백승수도 믿
음직스럽다.

그러나 최치우의 오른팔과 왼팔을 고르라면 당연히 임동혁, 그리고 김도현이다.

특히 김도현 교수는 한때 그의 스승이었다.

지금은 최치우가 비전을 제시하는 리더 역할을 맡았지만, 현대라는 차원에서 처음 만난 멘토가 바로 김도현이었다.

최치우는 다른 스케줄을 미루고 S대로 운전대를 돌렸다.

공식 일정을 소화하던 중이었다면 올림푸스의 전속 기사가 운전을 했을 것이다.

하지만 오랜만에 어머니를 찾아뵙고, 희귀 자료를 수집하기 위해 도서관으로 향하는 길이었다.

그래서 일정을 변경하기 훨씬 수월했다.

"와, 제법 많이 변했네."

최치우는 S대 공대 건물에 들어서며 탄성을 터뜨렸다.

원래도 공학관의 시설은 나쁜 편이 아니었다.

그런데 몇 달 사이 몰라볼 정도로 달라져 있었다.

올림푸스에서 공대, 정확히 말하면 미래 에너지 탐사대에 거액을 투자했기 때문이다.

김도현 교수는 미래 에너지 탐사대를 S대 소속의 특수 연구 기관으로 승격시켰다.

최치우는 아낌없는 지원을 약속했고, 그 혜택은 공대 학생을 전체가 함께 누리게 됐다.

연구실 확충과 연구 장비 구입, 외국 연구진 스카우트만 이뤄진 게 아니라 공학관 시설도 덩달아 업그레이드해 준 것이다.

"어? 애들아, 저기 최치우 대표님이야!"

"야, 야. 대표님이 뭐냐, 선배님께. 근데 바쁘신 것 같으니 아는 척하지 마. 부담스러우시면 앞으로 학교에 자주 안 오실 수도 있으니까."

당연히 S대 공대 학생들은 최치우를 알아봤다.

이제는 최치우보다 학번이 낮은 후배들도 많이 생겼다.

학생들은 공학관 건물을 새롭게 리모델링해 준 장본인이 최치우란 걸 잘 알고 있었다.

최치우가 S대에 해주는 것은 시설 투자가 전부가 아니다.

올림푸스에서 S대 공대에 수여하는 장학금도 적지 않다.

원래도 대한민국 최상위권으로 불렸지만, 최치우 덕분에 S대 공대의 위상은 나날이 치솟고 있었다.

후배들은 물론이고, 동기와 선배들 모두 자랑스러워하는 게 당연했다.

속 깊은 학생들은 일부러 최치우에게 다가가지 않았다.

연예인을 본 것 이상으로 달려들어 인증샷을 찍고 싶은 마음이 왜 없겠는가.

그러나 딱 봐도 오늘은 최치우가 중요한 업무로 학교를 방문한 게 티가 났다.

급하게 걸어가는 그를 방해하지 않는 학생들의 성숙한 태도가 놀라웠다.

학생들이 선배만 잘 둔 게 아니라 선배인 최치우도 후배들을 잘 둔 것 같았다.

똑똑―

"교수님."

최치우는 연구실 문을 두드렸다.

김도현 교수는 확장 공사를 마친 미래 에너지 탐사대 연구실을 쓰고 있었다.

"치우 군, 아니 대표님!"

비서 대신 김도현 교수가 직접 문을 열어줬다.

최치우는 미소를 지으며 대답했다.

"편하게 불러주세요."

"그래요. 어차피 오늘은 다른 사람도 없으니까요."

그의 말대로 한껏 넓어진 연구실 안에는 아무도 없었다.

김도현 교수를 보좌하는 비서를 포함해서 연구실 소속 대학원생들과 다른 연구 교수도 보이지 않았다.

"혼자 계셨어요?"

"아직은 아무에게도 공개할 수 없는 실험을 했기 때문이지요."

"그럼 급하게 연락하신 것은……."

"그 실험 결과를 세상에서 가장 먼저 알아야 할 사람이 치우 군이니까요."

김도현 교수가 안경을 치켜올리며 눈웃음을 지었다.

모름지기 나쁜 일은 빨리 말하고, 좋은 일은 천천히 말해도 된다.

그런데 김도현 교수는 좋은 결과를 얻었음에도 다급히 최치우를 불렀다.

깜짝 놀랄 실험에 성공한 모양이었다.

"직접 보여줄게요."

그는 길게 말을 돌리지 않았다.

실험 결과는 눈으로 보여주는 게 가장 확실하다.

연구실 안에는 3개의 크고 작은 실험실이 따로 있었다.

김도현 교수는 먼저 최치우가 열고 들어온 연구실 출입문을 닫았다.

삑— 철커덩!

보기엔 간단해 보이지만, 최첨단 잠금장치가 설치돼 있다.

작정하고 무장 강도가 쳐들어오지 않는 이상 좀도둑은 절대 뚫을 수 없는 보안 시설이다.

물론 총기가 엄격히 금지된 우리나라 서울 한복판의 명문대 연구실로 강도들이 들이닥칠 확률은 제로에 가깝다.

미래 에너지 탐사대 연구실은 그만큼 안전한 곳이었다.

"이걸 보세요, 치우 군."

김도현 교수가 최신식 연구 장비 앞에 섰다.

실험대 위에는 불꽃을 닮은 소울 스톤이 놓여 있었다.

최치우는 오랜만에 다시 보게 된 소울 스톤의 기운을 느꼈다.

여전히 불의 상급 정령 샐러맨더의 폭발적인 파워가 넘실거리고 있었다.

'산불 속에서 싸웠던 걸 생각하면… 아찔했지. 엄청 재밌었고.'

최치우의 입꼬리가 부드럽게 말려 올라갔다.

샐러맨더와의 전투에서 그는 목숨을 걸었었다.

역대 최악의 화재로 들어가 상급 정령의 폭주를 막아낸 것이다.

다시 생각해도 위험한 도전이었다.

하지만 피가 뜨거워질 정도로 재밌는 싸움이었다.

역시 최치우의 영혼에 각인된 전사의 투혼은 어디 가지 않았다.

"시작할게요."

그때 김도현의 음성이 최치우를 일깨웠다.

최치우는 정신을 집중하고 붉은 소울 스톤을 쳐다봤다.

틱―

김도현 교수가 장비의 버튼을 눌렀다.

그는 버튼 몇 개를 누르고, 터치 디스플레이에 복잡한 명령어를 입력했다.

A 실험실 중앙을 차지한 이 장비를 사오는 데 120억가량을 써야 했다.

천만 달러라는 엄청난 금액이지만, 그것도 김도현 교수의 네트워크 덕분에 저렴하게 구입한 것이다.

최치우가 미래 에너지 탐사대, 그리고 소울 스톤 연구에 얼마나 심혈을 기울이고 있는지 연구 장비만 봐도 짐작이 가능했다.

"잠시 후… 레이저가 소울 스톤을 통과할 겁니다. 그때 이쪽의 그래프를 확인해 주세요."

김도현 교수는 연구 장비 왼쪽에 위치한 그래프 화면을 가리켰다.

최치우는 고개를 끄덕이며 어떤 일이 벌어질지 기대했다.

곧이어 충전을 마친 기기에서 레이저가 쏘아졌다.

지이이잉—

파직—! 파지지지직!

최치우도 깜짝 놀랐다.

예상한 것 이상의 에너지 파동을 느꼈기 때문이다.

120억이라는 거금을 주고 사온 기계여서일까.

압축된 레이저 광선의 힘이 장난이 아니었다.

보통 사람은 당연히 느낄 수 없다.

하지만 힘을 감지하는 데 탁월한 최치우는 얇은 광선에 담긴 에너지를 생생히 파악할 수 있었다.

'저거 잘못 맞으면… 장갑차고 철판이고 다 뚫리겠는데.'

최치우는 눈살을 찌푸리며 소울 스톤을 주시했다.

양옆에서 쏘아진 레이저가 소울 스톤을 관통하고 있었다.

더 놀라운 일은 3초 뒤에 벌어졌다.

빠박! 빠바박!

소울 스톤에서 이상한 소리가 났다.

이윽고 붉은빛이 말도 안 될 정도로 진해졌다.

빨간색에서 점점 검은색에 가까운 농도로 색이 변하고 있었다.

마치 태양에서 흑점 폭발이 일어나는 것과 비슷해 보였다.

"그래프를 봐요, 치우 군!"

김도현 교수의 목소리도 높아졌다.

최치우는 기계에 달린 그래프 화면을 확인했다.

어떤 수치를 나타내는 것인지는 알 수 없었지만, 그래프 선이 최고점을 향해 올라가고 있었다.

"이게 대체 무슨 수치인지 궁금합니다, 교수님."

"열역학 반응 수치라고 해요. 소울 스톤은 특수 레이저에 반응하고 있어요. 그때 장비로 소울 스톤이 발휘할 수 있는 최대 에너지를 측정하는 것이지요."

김도현 교수는 어려운 이야기를 최대한 쉽게 풀어냈다.

최치우는 다른 차원에서 전투 로봇을 만들 정도로 공학에 조예가 깊지만, 대체에너지와 자원 개발 분야에서는 뛰어난 석사 레벨이다.

그렇기에 세계 최고 수준의 전문가인 김도현 교수가 필요한 것이었다.

"이 수치가 어느 정도를 뜻하는 거죠?"

해당 분야의 전문지식은 김도현 교수가 탑이지만, 이해력은 최치우도 누구에게 뒤지지 않는다.

그는 곧바로 김도현의 설명을 알아듣고 예리한 질문을 던졌다.

김도현 교수는 연구 장비를 중지시키고 설명을 계속했다.

"소울 스톤이 까맣게 변하는 게 열역학 반응이 일어난다는 징

표입니다. 지금 우리가 가진 연구 장비의 한계로는 흑화(黑化) 상태를 20초 정도 지속시킬 수밖에 없습니다. 그리고 20초가량 흑화 상태가 일어났을 때의 수치는……."

최치우는 잠자코 김도현의 다음 말을 기다렸다.

소울 스톤이 검붉은 색으로 물드는 건 그도 똑똑히 지켜봤다.

김도현 교수는 거기에 흑화 현상이라는 용어를 붙였다.

120억이나 하는 장비로도 소울 스톤의 에너지를 다 파악할 수 없다는 게 의외였지만, 그래서 더 기대가 커졌다.

"치우 군, 얼마 전 정부에서 춘천 열병합발전소 시공 계획을 발표한 거 알고 있나요?"

"뉴스를 봤습니다."

"7천억 원을 투입해서 220만 가구에 필요한 전기를 생산하고, 2만 5천 가구가 쓸 수 있는 지역 냉난방열을 만들겠다는 계획이지요."

김도현이 뜬금없이 말을 돌리는데 분명한 이유가 있을 터.

최치우는 수치의 뜻이 궁금했지만, 참을성을 가지고 대답했다.

"기존 복합 화력발전보다 효율은 높고, 환경오염도 낮췄다고 하지만……. 그래도 열병합발전소 역시 막대한 비용을 필요로 할 것 같습니다. 7천억 원은 초기 공사 비용이고, 유지 보수와 인건비, 환경오염 분담금 등 춘천시의 부담이 만만치 않을 것 같군요."

"정확해요. 역시 계속 공부를 했으면 날 위협하는 교수가 됐을 텐데."

김도현 교수가 농담을 던졌다.

그는 미소를 머금은 채 드디어 결론을 꺼냈다.

"춘천에 짓는다는 열병합발전소는 연간 4,117GWh의 전력을 생산한다고 해요."

기가와트아워(GWh)는 전력을 측정하는 단위다.

현재 춘천시의 연간 전력 소모량이 1,615GWh다.

결국 신축 발전소에서 춘천시 연간 소모 전력의 3배 이상을 생산한다는 뜻이다.

최치우도 4,117GWh가 얼마나 큰 수치인지 알고 있었다.

그런데 이어진 김도현 교수의 말은 쉽게 믿기 힘들었다.

"여기 이 소울 스톤에는… 3,000GWh와 맞먹는 에너지가 내재돼 있어요. 그마저도 우리 연구 장비의 한계로 100% 측정을 못 한 것이지요. 어쩌면 4,117GWh를 넘을지도 몰라요."

"교수님, 방금 3,000기가와트아워라고 하신 것 맞습니까?"

"맞아요. 농담이 아니에요. 나도 도무지 믿기 힘들었는데 실험을 계속해도 그래프가 증명하고 있지 않겠어요."

김도현이 손가락으로 연구 장비의 그래프 화면을 가리켰다.

120억 짜리 기계가 거짓말을 할 리는 없다.

약간의 오차는 있겠지만, 대략적인 결과는 동일할 것이다.

최치우는 팔뚝에 소름이 돋는 걸 느꼈다.

그는 정령, 특히 샐러맨더 같은 불의 상급 정령이 얼마나 대단하고 파괴적인 존재인지 체험해 본 유일한 인간이다.

그럼에도 현대의 에너지 수치와 비교해 보니 사뭇 충격적이었다.

아슬란 대륙이나 다른 차원에서 정령, 마법, 몬스터, 무공 등 초현실적 존재와 힘은 거의 사람을 죽이기 위해 쓰여졌다.

따라서 정량적인 수치보다는 살상력(殺傷力)이라는 애매한 기준으로 능력치를 판단했다.

하지만 현대에서는 다르다.

어떤 차원보다 복잡하면서 체계적이고, 정량적인 수치를 좋아하는 곳이 바로 현대의 지구였다.

전력 단위로 소울 스톤의 힘을 비교하니 느낌이 남다르게 팍 꽂혔다.

"치우 군, 3,000GWh면 춘천시 연간 전력 소모량의 두 배 가까운 수치예요."

"정령석, 그러니까 이 소울 스톤 하나로 그만한 에너지를 생산할 수 있다니……."

"우선 그 정도의 에너지가 소울 스톤 내부에 응축돼 있는 걸 확인했지만, 어떻게 활용할지 계속 연구와 실험이 필요해요."

김도현이 말한 문제가 미래 에너지 탐사대의 핵심 미션이었다.

소울 스톤이 상상하기 힘든 에너지를 품고 있는 원석임은 확인했다.

그 자체로도 소울 스톤의 가치는 돈으로 따지기 힘들다.

문제는 소울 스톤의 에너지를 뽑아내 전력 같은 실제 에너지로 개발하는 과정이다.

최치우는 바로 그 미션을 해결하기 위해 미래 에너지 탐사대에 천문학적 투자를 결심한 것이었다.

"또 하나, 이것이 소모성 에너지인지 유지가 되는 에너지인지 확인해야겠지요."

"소모성이라면 3,000GWh를 발산한 다음 평범한 돌이 될 것이고, 유지가 된다면 지속적으로 연간 3,000GWh를 생산할 수 있겠군요."

"맞아요. 후자의 경우 소울 스톤의 가치는 정부가 춘천에 건설할 열병합발전소 이상이 되겠지요. 이 붉은 보석 하나로 발전소를 짓지 않고 대도시의 전기를 공급할 수 있는 것이에요."

김도현 교수의 목소리가 떨리고 있었다.

이미 몇 번의 실험을 했지만, 세계를 바꿀지 모르는 희대의 발견 앞에서 계속 전율할 수밖에 없었다.

"필요한 건 뭐든 지원하겠습니다, 교수님. 이 프로젝트에 올림푸스의 미래가, 아니 인류의 미래가 달렸습니다."

*　　　　　*　　　　　*

생각보다 판이 커졌다.

세계를 바꾸고, 세상을 구한다는 말은 너무 거창한 목표다.

그런데 어쩌면 현실이 될 수 있을 것 같았다.

샐러맨더를 소멸시켜 얻은 소울 스톤으로 최신식 열병합발전소 하나를 대체할 가능성이 보인다.

지속적으로 소울 스톤을 찾아내고, 연구와 개발을 이어가면 엄청난 노하우가 축적될 것이다.

당장은 힘들어도 언젠가 인류는 석유나 원자력에 의존하지 않고 에너지를 생산할지 모른다.

소울 스톤은 그러한 미래를 여는 유일한 단서였다.

신의 대리인 아바타는 7번째 환생을 하게 된 순간 최치우 앞에 나타나 '스스로를 희생해 세상을 구하는 기쁨'을 깨달으라는 황당한 미션을 줬다.

아무리 생각해도 허황된 미션이지만, 드디어 캄캄한 밤길에서 열쇠 조각을 찾은 기분이 들었다.

최치우는 올림푸스의 자금줄을 과감하게 풀었다.

당초 예정됐던 것보다 훨씬 많은 예산을 미래 에너지 탐사대에 배정한 것이다.

김도현 교수와 세계 최고의 연구진들이 해법을 찾지 못하면 소울 스톤은 그림 속 떡이 되고 만다.

아무리 먹음직스러운 떡이라도 그림 속에 머물면 먹을 수 없다.

그러나 소울 스톤이라는 떡을 그림에서 세상으로 꺼낼 수만 있다면, 올림푸스는 역사와 미래를 바꾼 회사로 영원히 기억될 것이다.

물론 산적한 문제가 적지 않다.

가장 먼저 더 많은 소울 스톤을 확보해야 한다.

최치우가 전 세계를 돌아다니며 정령들을 찾고, 또 소멸시켜야 하는 것이다.

졸지에 현대에서 정령술사가 아닌 정령 헌터가 되게 생겼다.

연구진이 소울 스톤에 담긴 에너지를 전력으로 변환시키는데 성공해도 문제는 끝나지 않는다.

에너지 생산은 대부분 국가에서 주관하는 사업이다.

정부 기관에 거미줄처럼 얽혀 있는 이해관계를 뚫기가 쉽지 않을 것이다.

유영조 대통령은 올림푸스에 협조를 해주겠지만, 그의 임기도 2년밖에 안 남았다.

2년이 지나고, 최치우가 25살이 됐을 때 어떤 성향의 정부가 들어설지 모른다.

대체에너지에 인류의 미래가 걸려 있다고 하지만, 장애물이 너무 많은 사업이다.

그러나 최치우는 다가올 어려움을 생각하며 고민에 빠지지 않았다.

그는 이제껏 세상 누구도 찾지 못한, 상상조차 할 수 없는 실마리를 풀어냈다.

아직 닥쳐오지 않은 고비를 걱정할 시기는 아니다.

지금 할 수 있는 일에 집중하다 보면, 언제나 그렇듯 미래의 문제도 해결될 것이라 믿었다.

"대표님, 이 예산안을 발표하게 되면 주주들이 반발할 수 있습니다. 특히 외국계 자본이 가만 있지 않을 겁니다."

최치우는 임동혁의 냉정한 보고를 듣는 중이었다.

올림푸스의 유일한 이사이자 재무 파트의 총책임자(CFO)가 된 임동혁은 숨겨놓은 능력을 발휘하고 있었다.

재계의 망나니 재벌 2세 시절에는 보여주지 않았던 능력이다.

그의 성장은 완고한 한영 그룹 회장까지 놀라게 할 정도였다.

한영 그룹이 아닌 올림푸스에서 꽃을 피우기 시작한 임동혁은 그저 그런 금수저가 아닌, 장차 대기업을 이끌 자격이 있음을 몸소 증명하고 있었다.

"주주들이 반발해도 내 지분이 50% 이상입니다. 이사님과 우리 직원들의 지분을 더하면 말할 것도 없고. 그들이 뭘 할 수 있겠습니까?"

최치우의 말투도 단호했다.

그는 주주들에게 휘둘리기 싫어 50% 이상의 지분을 유지하고 있었다.

규모가 큰 기업의 경우 오너의 지분율은 10%를 넘기기도 힘들다.

국내 최대 회사인 오성그룹의 경우 오너 일가의 보유 지분이 7% 남짓이다.

그렇기에 혼자 50%가 넘는 지분을 소유한 최치우는 무척 특이한 케이스였다.

하지만 임동혁도 순순히 물러서지 않았다.

그는 CFO로서 CEO이자 오너인 최치우를 반드시 설득하겠다는 마음을 먹은 것 같았다.

"물론 대표님의 우호 지분은 절대적입니다. 오죽하면 올림푸스 주식은 아무나 못 산다는 말이 떠돌겠습니까. 덕분에 주가는 가파르게 오르고 있지만……. 중요한 건 경영권 방어가 아닙니다. 다만 주주들과 부딪치는 모습이 드러나면 시장에 좋지 않은 사인을 주게 됩니다. 주가나 신용도에도 영향이 생길 겁니다."

"내가 새로 수정한 예산안이 그 정도라는 거죠?"

"사실… 저도 납득하기 어렵습니다만, 대표님을 믿고 눈을 질끈 감았습니다."

최치우는 올림푸스의 영업이익을 미래 에너지 탐사대에 쏟아부으려 했다.

프로메테우스와 남아공 광산으로 버는 돈을 아낌없이 재투자하려는 것이다.

그 결과 임동혁도 혀를 내두를 만큼 전폭적인 투자 예산안이 나왔다.

문제는 극소수의 최측근을 제외하면 다들 소울 스톤의 존재에 대해 모른다는 사실이다.

아직 외부에 소울 스톤을 알릴 때가 아니다.

그렇기에 주주들의 반발이 예상될 수밖에 없었다.

주주들 입장에서 미래 에너지 탐사대는 그저 S대에서 만든 연구 기관일 뿐이다.

무엇을 연구하는지, 그 연구가 올림푸스에 어떻게 도움이 될지 알 수 없다.

정상적인 주주라면 눈을 부릅뜨고 반대하는 게 당연했다.

영업이익을 대폭 투자하고 회수하지 못하면 올림푸스는 자금난에 처하게 된다.

비즈니스 세계에서 영원한 강자는 없다.

지금 잘나갈수록 위기를 대비해야 하는 법이다.

그러나 최치우의 예산안은 위기를 고려하지 않은 극단적 행보였다.

"임 이사님의 의견을 듣고 싶군요."

최치우는 막무가내로 고집을 부리지 않았다.

마지막 결정은 최치우 스스로 내릴 것이다.

하지만 주위 사람들의 진심어린 조언에 귀를 닫으면 폭군이 될 뿐이다.

"예산안은 바꾸지 않을 겁니다. 소울 스톤에 우리의 미래가 달려 있다는 건 이사님도 동의할 거라 생각합니다."

"물론입니다. 저도 리포트를 확인하고 놀랐습니다. 그렇게 크지도 않은 원석 하나에 그만한 에너지가 담겨 있다니……. 당장 그 사실만 알려도 우리 주가는 3배, 4배로 폭등할 겁니다. 주주들도 입이 귀에 걸리지 않겠습니까."

"가이드를 드리죠. 예산안은 그대로, 소울 스톤의 존재도 아직은 밝힐 때가 아닙니다. 이 상황에서 나는 주주들의 눈치를 보지 않고 밀어붙일 생각입니다만, 그들과 충돌하지 않을 임 이사님의 좋은 아이디어가 있다면 채택하겠다는 뜻입니다."

최치우는 임동혁에게 어려운 과제를 내줬다.

결국 아무것도 양보하지 않겠다는 것이다.

그러면서 주주들과 부딪치지 않을 방안을 가져오라는 지시였다.

만약 임동혁이 아이디어를 내지 못하면 최치우는 불도저처럼 예산안을 밀어붙일 게 뻔했다.

경영진과 주주들의 관계가 나빠지든 말든, 부정적인 뉴스로 주가가 내리든 말든 전혀 개의치 않기 때문이다.

"주주총회를 여는 게 어떻습니까?"

"갑자기 주총을 열 필요가 있을까 싶습니다."

"소울 스톤의 존재를 알리지 않고도 주주들을 가라앉히기 위해서는 대표님이 직접 나서는 수밖에 없습니다. 그리고 다른 이점도 있습니다."

"주총 개최로 얻을 수 있는 이점이 또 있다면, 생각해 볼 수 있겠죠."

임동혁에게 최치우를 설득할 기회가 주어졌다.

참모는 자신의 조언을 군주가 받아줄 때 가장 큰 기쁨을 느낀다.

어느덧 최치우의 참모 역할을 하게 된 임동혁은 흥분을 억누르고 말을 이었다.

"첫 번째, 장기적으로 세계의 투자자들과 우호적 관계를 설정할 수 있습니다. 올림푸스의 지분을 일정 이상 확보한 사람들은 결코 평범하지 않습니다. 그리고 좋든 싫은 회사의 미래에 배팅을 했습니다. 휘둘릴 필요는 없지만, 적으로 만들 필요는 더더욱 없지 않겠습니까. 주주들과 신뢰를 쌓으면 향후 대표님이 더 큰 걸음을 내딛을 때 힘이 될 겁니다."

상당히 설득력 있는 말이었다.

최치우는 턱을 쓰다듬으며 천천히 고개를 끄덕였다.

자신감을 얻은 임동혁이 두 번째 이유를 말했다.

"두 번째, 누가 하이에나인지 파악할 수 있는 기회입니다."

"하이에나?"

"주주가 됐지만, 언제든 대표님의 경영권을 흔들고 자신들의 이익만 극대화시키려는 세력을 뜻합니다. 오성그룹도 외국계 헤지펀드인 엘리시움에게 톡톡히 당하지 않았습니까."

"하마터면 경영권을 뺏길 뻔했었죠."

최치우는 한때 세상을 떠들썩하게 만들었던 오성그룹 경영권 쟁탈전을 떠올렸다.

외국계 헤지펀드는 기상천외한 방법으로 경영권을 흔들고, 원하는 걸 얻어간다.

우리나라의 외환은행이 론스타에게 털린 것도 그리 오래되지 않은 일이다.

은행마저 당하는 판국이기에 기업들은 더더욱 좋은 먹잇감이 될 수밖에 없다.

당장 에릭 한센만 봐도 약탈적 M&A로 여러 기업을 농락하고 있다.

올림푸스의 주주들 중에서도 하이에나 무리가 포함돼 있을 것이다.

"예산안 통과를 핑계로 임시 주총을 열면, 하이에나들은 내게 흠집을 내기 위해서라도 모습을 드러내겠군요."

"역시 바로 이해하실 줄 알았습니다, 대표님."

"임 이사님이 이렇게까지 제안하는 거라면……."

최치우가 긍정적인 사인을 줬다.

임동혁은 기회를 놓치지 않기 위해 얼른 입을 열었다.

"조금 번거롭겠지만, 주총을 통해 중립적인 주주들을 우리 편으로 만들면서 예산안을 통과시키면 됩니다. 아울러 누가 하이에나 노릇을 할지 파악해 두면 훗날 대비하기도 쉽지 않겠습니까."

"이사님."

"네?"

"언제부터 말을 이렇게 잘했어요? 옛날에 내가 알던 이사님이 아닌 것 같은데."

최치우가 씨익 웃으며 농담을 던졌다.

임동혁은 그의 농담이 최고의 칭찬이라는 걸 알고 있었다.

"하하하, 원래 미친놈이 마음만 먹으면 무섭지 않습니까. 대표님도 그런 케이스고……."

"그래서 우리가 CEO와 CFO를 하고 있는 것 같습니다. 올림푸스는 미친놈 둘이 이끄는 회사군요."

"그럼 임시 주총 소집을 준비하겠습니다."

"그럽시다. 이사님이 날 설득해서 판을 깔았으니, 어떻게 주주들을 구워삶을지 고민해 보죠."

최치우는 임동혁의 제안을 받아들였다.

필요하다면 어린 아이의 조언도 귀담아 들어야 한다.

고인 물은 썩게 마련이다.

늘 성장하는 사람은 흐르는 물을 닮는 법이다.

자기 주관이 강한 것과 조언을 잘 듣는 것은 아무 상관이 없다.

어차피 선택과 책임은 오롯이 본인의 몫이기에, 설령 결과가 나빠도 조언해 준 사람을 탓해선 안 된다.

이로서 올림푸스는 임시 주주총회를 소집하게 됐다.

해외의 금융자본을 소유한 하이에나들도 최치우의 진면목을 확인하기 위해 얼굴을 내밀 것 같았다.

최치우는 이미 세계에서 인정받는 맹수로 성장했다.

올림푸스라는 신흥 강국을 이끄는 사자인 셈이다.

필연적으로 그를 노리는 하이에나들이 많아질 수밖에 없다.

그들과의 싸움을 두려워하면 제국을 이끌 자격이 없다.

최치우는 걸어오는 싸움을 마다하지 않는다.

오히려 싸움을 즐기며 한계에서 더 큰 힘을 발휘하는 편이다.

소울 스톤으로 인류의 미래를 바꾸려고 하면 기득권을 가진 세상 전체와 싸우게 될지도 모른다.

그래도 두렵지 않았다.

다행히 파트너인 임동혁 역시 싸움을 즐기는 미친놈이라 든 든했다.

올림푸스는 외줄을 타는 것처럼 위태로워 보여도 꿋꿋이 앞으로 나아가고 있었다.

*   *   *

올림푸스의 주주총회 소집 뉴스가 세계 각국으로 퍼져 나갔다.

주총은 일반적인 대중들의 이목을 끄는 행사는 아니다.

그렇지만 경제계에서 일하는 사람들은 깜짝 놀랐다.

예상하지 못한 타이밍에 소집된 주총은 논란거리이기 때문이다.

내년도 올림푸스 예산 규모가 엄청나다는 건 이미 소문이 났다.

남아공에서 벌어들인 현금을 미래 에너지 탐사대에 투자하는 예산안으로 인해 오르기만 하던 올림푸스 주가도 살짝 하락했다.

그러나 주총을 여는 건 다른 문제다.

괜히 주주들을 모아서 긁어 부스럼을 만들지 모른다.

최치우와 올림푸스 경영진은 정면 돌파를 택한 셈이다.

금융 전문가들은 물론, 국내외 주요 기업의 총수들도 올림푸스의 주총에 관심을 기울이고 있었다.

임동혁의 말대로 올림푸스 주식을 보유한 해외 펀드의 수장들도 서울행 비행기 티켓을 끊었다.

이번 기회에 최치우를 직접 만나서 간을 보려는 것이다.

최치우는 올림푸스의 선봉장이고, 수문장이며 동시에 절대군주다.

해외 자본이 올림푸스를 어떻게 쥐고 흔들지, 과연 약탈을 할 수 있을지 계산하려면 먼저 최치우의 그릇을 파악하는 게 우선이다.

따라서 갑자기 열린 주주총회는 흔치 않은 기회인 셈이었다.

하지만 당사자인 최치우는 여유로웠다.

그는 조금도 긴장하지 않았다.

임시 주총은 최치우와 임동혁이 펼친 함정이다.

누가 아군이고 누가 적군인지 가려내기 위해 차려진 무대다.

섣불리 이빨을 드러내는 주주는 혹독한 대가를 치르게 될 것이다.

한편, 최치우는 그저 주주총회를 준비하고만 있지 않았다.

주총이 함정을 파고 방패를 드는 일이라면, 다른 손으로는 칼을 휘둘렀다.

전금녀의 자금을 이용해 전기차 회사인 T 모터스와 드림 모터스 주식을 대량 매입 한 것이다.

명동의 큰손 전금녀는 순식간에 무시할 수 없는 투자자가 됐다.

물론 3천억으로 두 회사의 대주주가 될 수는 없다.

지분율로 따지면 2% 미만이다.

그러나 개인이 2% 가까운 지분을 확보하면 무시 못 할 영향력을 갖게 된다.

경영권을 방어하고, 주가 하락을 막는 데 결정적 도움을 줄 수도 있다.

머지않아 에릭 한센은 뭔가 잘못됐음을 깨달을 것이다.

여동생의 스캔들을 틀어막고 고개를 돌리면 최치우가 양대 전기차 회사에 심어놓은 지뢰를 발견할 수밖에 없다.

뒤늦게 알아차리려도 손을 쓰기엔 너무 늦은 타이밍이다.

소울 스톤을 통해 위대한 발견을 해낸 최치우는 비즈니스 정글에서 능수능란하게 칼과 방패를 사용하고 있었다.

세상은 이미 최치우 때문에 여러 번 놀랐지만, 진정한 질주는 아직 시작되지 않았는지도 모른다.

8장

맹수, 포효하다

"나 어때요, 누나?"

최치우가 넥타이 매듭을 만지며 입을 열었다.

그의 질문을 받은 사람은 다름 아닌 문지유였다.

웹툰 리얼 헌터의 그림 작가로 엄청난 명성을 얻은 그녀가
볼을 붉히며 대답했다.

"어? 어, 엄청 멋있어……."

"에이, 아닌 거 같은데."

"진짜야!"

문지유는 저도 모르게 목소리를 높이고 화들짝 놀랐다.

최치우는 여전히 소녀 같은 그녀의 모습에 웃음을 터뜨렸다.

"알겠어요. 엄청 멋있는 걸로 생각할게."

"떨리지는 않아?"

"이 정도로 떨리면 최치우가 아니죠."

"하긴… 넌 정말 대단한 사람이 됐으니까."

문지유가 진심을 혼잣말처럼 읊조렸다.

그녀는 최치우가 고3일 때 처음 만나 웹툰 작업을 시작했다.

그로부터 4년이 흘렀고, 최치우는 세계가 주목하는 글로벌 기업 올림푸스의 CEO로 성장했다.

문지유 역시 가난한 지망생에서 억대 연봉을 받는 인기 웹툰 작가로 거듭났다.

하지만 곁에서 지켜본 최치우의 성장 속도는 비현실적이었다.

그 누구와도 비교할 수 없다고 생각될 정도였다.

"오늘 잘 부탁해요, 누나."

"응, 최선을 다할게. 치우 너도 파이팅!"

문지유가 하얗고 작은 주먹을 쥐며 응원을 했다.

최치우는 웃음기를 머금은 채 등을 돌렸다.

그는 임시 주주총회를 소집했고, 전 세계에서 방문한 주주들을 위해 대형 컨벤션 홀을 빌렸다.

이제 강단에 나가 올림푸스의 최대주주이자 CEO로서 주총을 이끌어야 한다.

그토록 중요한 자리에 문지유를 부른 특별한 이유가 있었다.

문지유는 오늘 주총을 시작으로 올림푸스의 행보를 그리게 될 것이다.

마침 리얼 헌터 연재도 인기리에 끝난 상태이기에, 그녀는 새로운 작품을 준비해야 했다.

원래는 다른 차원에서 경험한 최치우의 전생을 스토리로 줄 생각이었다.

그런데 소울 스톤을 발견하며 마음을 달리 먹었다.

이제부터 올림푸스의 행보는 인류의 미래를 바꿀 역사가 될 것이다.

생생하게, 그리고 누구나 보기 쉽게 웹툰으로 기록을 남기면 훗날 영원불멸의 신화가 될지 모른다.

다른 차원의 전생을 남기느니 현재의 도전을 기록하는 게 훨씬 가치 있을 것 같았다.

쉽게 말해 문지유는 올림푸스의 전속 작가로 계약을 맺었다.

수많은 독자들이 기다리는 그녀의 차기작 제목도 '올림푸스'로 정해졌다.

실화에 기반을 두고 전개될 문지유의 웹툰은 최치우와 올림푸스의 브랜드 이미지 향상에도 엄청난 기여를 하게 될 것이다.

저벅저벅—

최치우는 대기실 문을 열고 힘차게 걸었다.

강단 위로 올라가는 그의 뒷모습은 태산처럼 굳건해 보였다.

문지유는 미리 준비해 놓은 도구로 최치우의 뒤태를 스케치했다.

평범한 사람은 상상할 수 없는 부담과 책임을 짊어진 어깨.

무엇이든 다 받아낼 것처럼 넓은 등.

"널 그릴 수 있어서… 참 좋아, 치우야."

문지유는 작은 소리로 진심을 고백했다.

최치우를 처음 만나고, 얼마 지나지 않아서부터 늘 하고 싶었던 고백이다.

하지만 그녀는 욕심을 내지 않았다.

그저 최치우를 그릴 수 있게 된 것만으로도 고마워했다.

문지유는 최치우의 뒷모습을 바라보고, 최치우는 세계 각국의 주주들을 바라보기 위해 강단으로 올라갔다.

서로 다른 곳을 보는 두 사람은 그렇게 각자의 자리에서 최선을 다하고 있었다.

*   *   *

'약간 놀랐지만, 집중하자.'

최치우는 강단 중앙에 우뚝 섰다.

사실 그는 문지유가 작게 속삭인 혼잣말을 들었다.

날고 기는 주주들 앞에서 사자후를 터뜨리기 위해 기운을 끌어 올린 탓에 자연히 감각도 날카로워져 있었던 것이다.

덕분에 본의 아니게 문지유의 진심을 알아챘지만 동요하지 않았다.

사적인 감정으로 큰일을 그르칠 순 없다.

무엇보다 그에게 있어 문지유는 누나지만 어딘지 여동생 같은 이미지였다.

괜한 감정으로 지금의 관계를 깨고 싶지 않았다.

문지유도 비슷한 마음이기에 섣불리 진짜 고백을 하지 않는 것 같았다.

'시간이 해결해 주겠지.'

그는 숨을 들이마시며 관중석을 쳐다봤다.

올림푸스의 주식은 1주의 가격이 상당히 높은 편이다.

따라서 시가총액이 비슷한 다른 회사들에 비해 주식을 구하기 훨씬 어렵다.

주총에 참여한 사람들 중 어중이떠중이가 섞여 있을 확률은 매우 낮다.

'이렇게 다양한 국적의 사람들이 여의도에 모이다니, 재밌는 광경이군.'

해외 금융 자본의 수장과 펀드 매니저들도 대거 참석했다.

좌석 곳곳에 백인은 물론이고 흑인과 아랍계 사람들이 눈에 띄었다.

그들은 최치우가 어떤 말을 꺼낼지 기대하고 있었다.

좋은 의도를 가진 주주도 있고, 빈틈을 보이면 물고 뜯으려는 주주도 있을 것이다.

최치우는 각양각색의 사람들을 향해 일성을 터뜨렸다.

"주총에 참여해 주신 주주 여러분께 올림푸스를 대표해 인사를 드립니다."

짝짝짝짝짝—!

인사와 함께 박수가 터져 나왔다.

최치우가 작성한 예산안에 대해서는 이미 임동혁이 보고를
마쳤다.

그렇기에 구구절절 예산안의 당위성을 설명할 필요는 없다.

어차피 주주들의 질문을 받는 시간은 따로 마련돼 있다.

지금은 올림푸스의 대표로서 다시 한번 명확한 비전을 제시
할 타이밍이다.

"주식을 산다는 것은 어떤 의미일까요? 회사의 성장 가능성
에 투자를 한 것이겠죠. 그러나 동시에 주주로서 회사와 같은
꿈을 꾸겠다는 뜻이었으면 좋겠습니다."

최치우는 입을 열자마자 파격적인 발언을 쏟아냈다.

정중한 말투지만 주주들에게 주인 의식을 요구한 것이다.

해외에서 날아온 펀드 매니저들은 특히 더 깜짝 놀랐다.

어떤 오너도 주주에게 이런 식의 말을 하지 않는다.

그야말로 전례가 없는 주총이 될 것 같았다.

동시통역기를 착용한 외국인 주주들의 안색이 창백해진 가
운데 임동혁도 강단 뒤편에서 이마를 감쌌다.

그는 주주 친화적 제스처를 보여주기 위해 임시 주총을 소
집하자고 제안했다.

그런데 최치우가 가장 중요한 CEO 프레젠테이션의 시작부터
사고를 친 것이다.

"올림푸스는 창립 이래 놀라운 성장을 지속하고 있습니다.

2000년대 이후 설립된 전 세계의 모든 기업 중 성장 속도로는 10위 권, 자본금과 직원 수 대비 성장률로는 압도적 1위라는 언론의 발표입니다. 어떻게 이런 성장이 가능했을까요? 뉴욕도, 런던도, 도쿄나 홍콩도 아닌… 서울에서 시작한 회사가."

넓은 컨벤션 홀이 잠잠해졌다.

올림푸스의 성장 비결을 다룬 칼럼이나 기사는 무수히 많았다.

하지만 창립자인 최치우가 직접 이유를 설명한 적은 없었다.

그는 주주들의 뒤통수를 세게 내리친 후 어르고 달래듯 자기 페이스로 발표를 이어갔다.

"비결은 간단합니다. 올림푸스는 돈 벌려고 만든 회사가 아니기 때문입니다."

또 한 번 강력한 쇼크가 주총을 휩쓸었다.

지금은 고인이 된 애플의 스티브 잡스도 최치우처럼 파격적인 프레젠테이션은 못 할 것 같았다.

그는 넋이 나간 표정을 짓는 주주들의 얼굴을 돌아보며 말했다.

"올림푸스는 세상을 바꾸는 회사입니다. 우리의 모든 사업은 세상을 바꾸기 위해 이뤄집니다. 그리스 신화에 존재하는 신들의 세계, 그 미지의 신비를 찾아내기 위한 회사라고 강조한 것은 제 진심이었습니다."

최치우는 똑같은 이야기를 올림푸스 창립 기자회견에서 했었다.

그때만 해도 사람들은 회사를 수식하는 화려한 표현법이라 생각할 수밖에 없었다.

그러나 최치우는 아무렇게나 말을 내뱉는 사람이 아니다.

그의 입 밖으로 나온 말은 반드시 현실이 된다.

"올림푸스가 단기간에 많은 돈을 번 것은, 세상을 바꾸려는 시도가 성공했기 때문입니다. 우리는 신금속을 발굴하고, 차원이 다른 해독제를 만들며, 난민들을 살렸습니다. 그리고 방치된 광산을 개발해 아프리카에 희망을 불어넣고 있습니다. 이 종잡을 수 없는 비즈니스 포트폴리오는 돈을 좇았다면 결코 완성되지 못했을 것입니다."

부정할 수 없는 사실이었다.

올림푸스가 대체 뭐 하는 회사냐고 물었을 때 똑 부러지게 대답하기 힘들다.

그만큼 다양한 영역에서 색다른 사업을 시도했기 때문이다.

"내년도 예산안에 대해 주주 여러분의 고민이 깊다고 들었습니다. 엄청난 금액을 미래 에너지 탐사대의 연구 개발 비용으로 투자하기 때문이겠죠. 지금 이 자리에서 분명히 말씀드리겠습니다. 어떠한 경우에도 내년 예산안이 바뀌는 일은 없을 겁니다."

최치우는 결정타를 날렸다.

주총 소집을 제안한 임동혁은 두통을 느끼는지 뒷목을 잡고 있었다.

이럴 거면 차라리 주총을 열지 않는 게 낫다.

조용히 예산안을 처리하면 반발은 있어도 큰 이슈가 되진 않았을 것이다.

하지만 최치우는 주총에서 마이 웨이를 천명했다.

좋은 쪽으로든 나쁜 쪽으로든 내일 신문 1면과 9시 뉴스를 장식할 게 뻔했다.

"물론 투자에 실패할 수도 있고, 회사가 어려워질 수도 있습니다. 그럼에도 불구하고 올림푸스는 돈을 버는 일이 아닌, 세상을 바꾸는 일에 집중할 겁니다. 그 과정에서 돈은 자연히 따라오게 되겠죠. 우리의 비전에 동의하지 못하는 분들은⋯ 주식을 팔아주십시오. 저는 같은 꿈을 꾸는 사람들과 운명 공동체이고 싶습니다. 단기적인 성과에 집착하는 투자자들에게 잘 보이고 싶은 마음이 조금도 없습니다."

최치우의 프레젠테이션은 대략 3분 만에 끝났다.

3분은 무척 짧은 시간이다.

하지만 그는 역사상 가장 도발적이고 강렬한 프레젠테이션의 주인공이 됐다.

CEO가 주주들에게 주식을 팔라고 말한 경우는 전무후무하다.

더구나 그는 손해를 보더라도 과감한 투자를 계속할 것이며, 돈을 벌어 이익을 내는 게 우선순위가 아니라고 발표했다.

모든 기업은 이윤을 내기 위해 존재한다.

그런데 올림푸스는 이윤보다 세상을 바꾸는 혁신에 초점을 맞췄다.

말이야 멋있지만, 주주들은 물론이고 전 세계 금융기관과 신용평가기관에서 보기엔 도무지 용납할 수 없는 회사가 된 것이다.

"네, 네. 최치우 대표님의 말씀 잘 들었습니다. 그럼 이제부터 질문을 받도록 하겠습니다."

사회자도 놀랐는지 말을 더듬으며 순서를 진행했다.

최치우는 차분하고 담담한 어조로 사자후를 터뜨렸다.

원래 맹수는 함부로 짖지 않는다.

무겁고 낮게 으르렁거리기만 해도 모든 동물들이 얼어붙는 법이다.

최치우는 맹수의 왕처럼 주주총회를 지배했다.

그의 발표는 마치 선전포고를 연상시켰다.

그래서인지 누구 하나 선뜻 질문을 할 엄두를 못 내고 있었다.

내로라하는 주주들이 상상을 초월하는 최치우의 기세에 위축된 것이다.

처억!

그때였다.

왼편 뒷줄에 앉은 누군가 손을 들었다.

200명 가까운 사람들 중에서 오직 한 사람만 손을 들어 시선이 집중됐다.

진행 요원이 얼른 움직여 마이크를 넘겼다.

최치우도 자리에서 일어난 사람을 유심히 쳐다봤다.

'한국인이 아니다.'

새하얀 피부에 푸른 눈, 그리고 많은 백인들처럼 대머리인 중년 남성이 입을 열었다.

"엘리시움의 동아시아 지부장. 루이스 해밀턴입니다. 존경하는 최치우 대표님께 질문을 드릴 수 있어 영광입니다."

그는 품격이 느껴지는 상류층 영어로 물 흐르듯 자연스레 말했다.

'엘리시움… 오성그룹의 경영권을 뺏으려고 날뛰었던 장본인이군.'

다른 주주들이 웅성거렸다.

세계 최악의 헤지펀드, 엘리시움의 동아시아 지부장이 직접 나타나 마이크를 잡을 줄은 몰랐다.

특히 루이스 해밀턴은 오성그룹 쟁탈전을 진두지휘했던 금융계의 독사다.

최치우의 잠잠한 포효가 주총을 초토화시켰는데 루이스는 여유로워 보였다.

확실히 잔챙이들과는 격이 다른 인물 같았다.

"처음 뵙겠습니다, 지부장님. 어떤 질문이 있으십니까?"

최치우는 포커페이스를 유지하며 루이스를 바라봤다.

루이스는 기다렸다는 듯 능글맞은 웃음을 지으며 질문을 던졌다.

"주주들의 이익을 실현하기 위해 노력하는 것은 모든 주식회사의 의무입니다. 방금 대표님은 그 의무를 팽개치겠다는 발표를 하셨습니다. 국제경제법상 미필적 배임 등에 해당될 수도 있겠지요. 그래서… 올림푸스의 지분 1.5%가량을 확보한 엘리시움은 뜻이 맞는 주주들을 모아 대표님을 제소하려 합니다. 끝까지 주주의 이익보다 본인의 경영 철학이 우선이라는 소신을 굽히지 않으시겠습니까?"

루이스는 젠틀한 미소를 지으며 최치우의 선전포고를 맞받아쳤다.

엘리시움이 총대를 메고 최치우를 고소하겠다는 것이다.

지분은 1.5%에 불과하지만, 경영권 다툼이 아닌 법적 다툼으로 전쟁터를 옮기면 승산이 있을지 모른다.

불안한 수군거림이 커지는 가운데, 최치우는 가만히 서서 루이스를 노려봤다.

루이스는 최치우의 시선을 피하지 않고 흐뭇하게 웃고 있었다.

폭탄 발언이 연달아 쏟아진 올림푸스의 주총에서 거대한 전쟁의 서막이 올라갔다.

'루이스 해밀턴, 엘리시움. 그리고 뒤에는… 네오메이슨이 있겠지.'

최치우는 본능적으로 냄새를 맡았다.

피도 눈물도 없는 글로벌 비즈니스 전쟁이 그를 부르고 있었다.

*　　　　*　　　　*

예상했던 대로 온갖 뉴스와 신문이 올림푸스 주주총회 이야기로 도배됐다.

원래 주총은 특별한 이슈가 없는 이상 사람들의 이목을 끌지 못한다.

그러나 최치우는 폭탄 더미를 투하했다.

경제 분야에 관심이 없는 사람들도 흥미진진하게 올림푸스 뉴스를 보게 된 것이다.

"역시 난놈은 난놈이여. 뜻이 안 맞으면 주식 팔고 가라니……. 맨날 돈 앞에서 빌빌거리는 놈들 보다가 올림푸스 뉴스 보니까 속이 다 시원하더만."

"그래도 너무 나간 것 아닌가? 누가 외국 법원에다 고소를 한다던데."

"그거야 양놈들이 우리나라 회사가 너무 잘나가니까 콩고물 떨어질 게 없나 시비 거는 것이제."

"그렇지? 별문제 없겠지?"

"그럼! 거, 뭐시냐, 올림푸스의 최치우 대표만 한 인물이 또 어딨다고. 외국에선 오성그룹보다 더 유명하다던데……. 별일 없을 것이여."

서울역 대합실에 앉아서 기차를 기다리는 중년 남성들이 구수한 사투리로 대화를 주고받았다.

올림푸스를 바라보는 시선은 대체로 이와 같았다.

보통 경영인과는 확연히 다른 최치우의 패기를 칭찬하는 목소리가 높았다.

한편 최치우가 선을 넘었다고 우려하는 사람들도 있었다.

올림푸스는 갑자기 나타나 폭발적인 성공을 이뤄낸 회사다.

게다가 대표인 최치우는 아직 23살에 불과한데 세계적인 스타로 우뚝 섰다.

그 경이적인 급성장을 거품으로 보는 시각도 존재했다.

그들은 최치우와 올림푸스가 언제 무너져도 이상하지 않다고 평가했다.

주총에서 최치우가 주주들을 대상으로, 아니 그를 지켜보는 세계를 대상으로 사자후를 터뜨린 것도 부정적으로 봤다.

이렇듯 최치우를 바라보는 시선은 양 극단으로 갈리고 있었다.

다행인지 불행인지 주식 시장의 평가도 팽팽하게 균형을 유지했다.

최치우의 폭탄 발언과 루이스 해밀턴의 반격 소식은 주가에 충격파를 일으키기 충분했다.

그럼에도 불구하고 올림푸스 주식은 약한 상승세를 유지하고 있었다.

급등하지도, 그렇다고 급락하지도 않은 것이다.

자본주의 경제 질서를 향한 최치우의 도전을 불안하게 지켜본 투자자들도 있지만, 오히려 이번 주총을 계기로 그를 더 신뢰하게 된 주주들도 적지 않다.

덕분에 세상을 들썩이게 만든 주총이 끝나고도 올림푸스의 주가는 조금이나마 오를 수 있었다.

최대 지분을 가진 CEO가 돈 버는 게 목적이 아니라고 밝혔는데 주식이 떨어지지 않고 오른 것이다.

이것도 오직 최치우만이 보여줄 수 있는 마법 같은 일이었다.

주식 시장이 세계 경제를 지배한 이후 최초로 벌어진 사건이기도 했다.

그래서일까.

임시 주총이 끝나고 사흘이 지났지만, 아직도 주요 언론은 최치우를 메인 뉴스로 다루고 있었다.

주가를 떠나서 최치우와 올림푸스의 브랜드 이미지는 엄청나게 좋아졌다.

원래도 열광적인 팬들이 있었지만, 주총에서의 사건을 통해 부도덕한 월가의 금융 자본과 맞서 싸우는 상징성을 획득했다.

몇몇 언론에서는 최치우를 아시아의 스티브 잡스라고 불렀다.

사실 고인이 된 스티브 잡스와 최치우의 행보는 상당히 다르다.

그러나 매번 엄청난 이슈를 일으키는 스타성은 비슷했다.

잡스 이후 실리콘밸리에는 전 세계적 팬덤을 거느린 슈퍼스타가 사라졌다.

그런데 뜬금없이 한국에서 잡스보다 파격적이고 혁신적인

CEO가 등장한 것이다.

게다가 최치우는 서양인의 관점에서 봐도 매력적인 얼굴과 신체를 가진 건장한 청년이다.

호사가(好事家)들은 주총에서 촉발된 최치우와 엘리시움의 갈등을 눈여겨봤다.

만약 최치우가 이 난관마저 돌파한다면, 진짜 스티브 잡스를 능가하는 슈퍼스타로 떠오를지 모른다.

올림푸스의 임시 주총에서 최치우는 스스로 위기이자 기회를 만든 셈이었다.

결코 넘기 쉬운 장애물은 아니었다.

엘리시움은 독종 중의 독종으로 유명한 펀드다.

특히 주총에서 이빨을 드러낸 루이스 해밀턴은 한국 최고의 대기업 오성그룹을 상대로 약탈에 승리한 전력이 있다.

위험한 상대를 만난 게 분명하다.

하지만 그렇기에 최치우의 호승심은 더욱 강하게 불타고 있었다.

서로 다른 정글에서 살아가는 맹수와 맹수가 만났다.

어느 한쪽은 반드시 치명상을 입고 피를 철철 흘리게 될 것이다.

지금 이 순간, 세계가 올림푸스를 주시하고 있었다.

*　　　　　*　　　　　*

전 세계를 들썩이게 만들었지만, 올림푸스 내부 분위기는 차분했다.

정확히 말하면 냉정하게 가라앉았다.

뜨거운 감정에 취해서는 일을 체계적으로 진행할 수 없다.

최치우가 주총에서 이글거리는 태양처럼 기백을 토해냈으니 이제는 얼음처럼 차갑게 수습을 할 차례다.

"엘리시움의 계산은 뻔합니다."

임동혁이 입을 열었다.

그는 며칠 동안 발로 뛰며 루이스 해밀턴에 대한 정보를 수집했다.

심지어 사이가 나쁜 오성그룹의 이지용 부회장에게 부탁까지 할 정도였다.

엘리시움이 어떻게 오성그룹을 공격했는지 내막을 자세히 들으면 큰 도움이 될 거라고 생각한 것이다.

"다들 알겠지만, 여기서 언급된 모든 내용은 대외비입니다. 사적인 자리에서도 조심할 필요가 있습니다."

그는 본론을 꺼내기에 앞서 단단히 주의를 줬다.

최치우와 임동혁, 그리고 고위급에 해당하는 팀장들만 참석한 회의다.

그럼에도 따로 주의를 줄 만큼 임동혁의 신경은 바짝 곤두서 있었다.

"엘리시움은 미리 포섭한 주주들을 모아 뉴욕주 관할 법원에 소송을 제기할 것 같습니다. 우리의 본사가 서울에 있지만,

뉴욕 증시에 상장한 것을 빌미로 재판을 미국에서 열려는 겁니다. 만약 뉴욕 법원에서 소송을 받아들이면 문제가 커집니다. 비용도 많이 들고, 국제 언론의 관심도 집중될 게 뻔합니다. 게다가 미국 법원은 우리에게 호의적이지 않을 가능성이 높습니다."

임동혁의 전망은 어두웠다.

그가 괜히 않는 소리를 하는 건 아니었다.

온갖 인맥을 동원해 비슷한 사건의 판례까지 알아보고 내린 결론이다.

그때 말없이 상석에 앉아 있던 최치우가 설명을 덧붙였다.

"미국은 로비의 천국으로 유명하죠. 엘리시움이 미국, 특히 뉴욕주에 갖고 있는 네트워크는 우리의 상상을 초월할 겁니다."

"그걸 잘 아시는 분이 주총에서 그렇게 막 내지르셨습니까?"

임동혁이 최치우를 쳐다보며 툴툴거렸다.

이번 주총에서 가장 크게 뒤통수를 맞은 사람은 다름 아닌 임동혁이다.

그가 최치우에게 주총을 제안한 의도와 정반대 결과가 나왔기 때문이다.

그러나 최치우는 여유로운 표정을 지으며 대답했다.

"어차피 우리의 예상 시나리오 안에 있었잖아요. 하이에나 무리를 찾겠다는."

"엘리시움은 하이에나라고 하기엔 덩치가 너무 큽니다."

"그래 봐야 사자나 호랑이는 아닙니다. 자신들 힘으로 가치를 만드는 회사가 아닌, 누군가의 시체를 뜯어 먹으며 몸집을 키운 회사일 뿐입니다."

최치우가 단호한 태도로 엘리시움을 평가했다.

세계 최고이자 최악의 헤지펀드인 엘리시움도 최치우에겐 한낱 하이에나일 뿐이다.

성가시고 위험한 존재지만, 그게 전부다.

최치우는 무거운 안색을 하고 있는 팀장들을 돌아보며 기운을 불어넣었다.

"최 팀장님, 유 팀장님, 백승수 팀장님. 내가 이 싸움에서 질 것 같습니까?"

"아, 아닙니다."

다들 황급히 고개를 저었다.

최치우는 올림푸스의 시작과 끝이다.

그가 승부수를 던지고 패배하는 그림은 상상할 수 없었다.

엘리시움이 아무리 거대한 적이라도 올림푸스 직원들이 생각하는 최치우의 위상과는 비교가 안 된다.

최치우는 간단한 방법으로 팀장들의 멘탈을 잡았다.

"엘리시움도 법정 다툼으로 끝을 볼 계획은 아닐 겁니다. 적당한 시기에 딜을 하겠죠. 원래부터 우리를 흔들려고 지분을 샀을 텐데, 마침 주총에서 루이스 해밀턴이 패를 깐 게 확실합니다. 그들도 즉흥적으로 판단을 내렸으니 치밀하게 준비하진 못했을 거라는 뜻입니다."

설득력이 있었다.

팔짱을 끼고 있던 임동혁도 동의하는지 저도 모르게 고개를 끄덕거렸다.

"이사님, 오성그룹의 경우에는 어떻게 합의를 봤습니까?"

한 발짝 물러났던 최치우가 회의를 주도하기 시작했다.

임동혁은 자세를 고치며 힘들게 알아온 고급 정보를 풀어냈다.

이제까지 불만스러운 티를 팍팍 냈지만, 최치우가 나서면 무조건 따른다.

그게 최치우와 임동혁 사이에 맺어진 무언의 약속이었다.

"엘리시움이 경영권 분쟁에서 손을 떼는 대가로 지분과 오성그룹 계열사의 동남아 사업권 및 미개발 부지 등 총 1조 원가량을 넘겨받았습니다."

"1조… 우리 시가총액의 3분의 1이군요."

"만약 분쟁이 끝까지 갔다면 확률은 7 대 3으로 오성이 유리했습니다. 그러나 위험을 감수하는 것보단 1조를 주고 엘리시움을 쫓아내는 게 낫다고 판단할 수밖에 없었을 겁니다."

"그렇죠. 오성의 시가총액은 360조니까."

오성그룹은 그야말로 괴물 같은 대기업이다.

오너 가문의 경영권을 안전하게 지키기 위해서 1조는 충분히 지출 가능한 액수다.

하지만 올림푸스는 상황이 다르다.

오성보다 규모는 작지만, 더 유리한 점도 있다.

"올림푸스는 오성과 달리 지배 구조가 튼튼합니다. 내 지분이 50%를 넘으니 경영권 분쟁으로 끌고 갈 수는 없고…… 법적 다툼으로 부정적인 이슈를 일으켜 우리를 피곤하게 만들려는 것 같군요."

"맞습니다, 대표님. 일을 크게 벌이는 것치고는 엘리시움이 얻을 게 많지 않습니다."

"당장의 돈보다는 올림푸스 지분을 추가로 확보하려는 건지도 모릅니다. 소송 과정에서 다른 주주들을 모으고, 법정 다툼으로 우리 주가를 떨어뜨린 다음 매수할 수도 있습니다."

최치우의 예상은 무척 날카로웠다.

태어날 때부터 대기업 후계자로 살아온 임동혁도 미처 생각 못 한 의표를 찔렀다.

"어쨌거나 엘리시움은 원하는 걸 얻을 때까지 법정 다툼을 최대한 지저분하게 끌고 갈 겁니다. 홍보팀에서는 언론 관리 확실하게 하고, 이사님은 뉴욕 쪽 로펌을 알아봐 주세요."

"네, 대표님!"

최치우는 당장 필요한 순서대로 지시를 내렸다.

어마어마한 규모의 국제 분쟁에 휘말렸지만 전혀 당황하지 않았다.

마치 오랫동안 글로벌 비즈니스 세계를 경험한 베테랑 같은 느낌을 줬다.

사실 그에게 있어 이런 전쟁은 낯설지 않았다.

무기 대신 돈으로 싸우는 것일 뿐, 다른 차원에서 지겹도록 겪은 각종 전투와 다를 게 없었다.

전쟁에서 이기는 방법은 간단하다.

먼저 나의 전력과 적의 전력을 정확하게 파악해야 한다.

그다음 침착함을 유지하며 냉정하게 싸움을 준비하면 된다.

말로 설명하기엔 무척 쉬운 수칙이다.

하지만 대부분 전력 판단에서 실수를 하고, 냉정한 준비 대신 허겁지겁 달려들다 망한다.

전쟁의 사이즈가 커질수록 평소와 다른 이상한 판단을 내리기 쉽다.

그래서 백전노장이 무서운 것이다.

비록 전투력은 예전만 못해도 무수한 경험으로 최선의 선택을 할 수 있기 때문이다.

최치우는 노장의 경험치와 신예의 패기를 두루 갖추고 있었다.

그의 실체를 안다면, 누구도 감히 덤빌 엄두를 못 낼 수밖에 없다.

"상시 모니터링 체제로 들어가되 너무 긴장할 필요는 없습니다. 우리가 늘 하던 대로, 우리의 일을 하면 됩니다."

최치우는 엘리시움을 견제하느라 필요 이상으로 에너지를 소모할 생각이 눈곱만큼도 없었다.

어차피 아쉬운 건 엘리시움이다.

올림푸스는 그들의 행보를 주시하며 적절한 방어와 반격을 가하면 된다.

괜히 노이로제에 걸려 업무를 망치면 엘리시움의 뜻대로 움직이는 꼴이다.

만반의 준비 태세를 갖추는 동시에 아무 일도 없다는 듯 평온한 모습을 보여줘야 한다.

결국 애가 탄 엘리시움이 먼저 딜을 제안해 올 것이다.

최치우는 악명 높은 헤지펀드의 하이에나들이 어떻게 움직일지 눈에 선했다.

'어차피 너희는 내 손바닥 안에 있어. 그리고 곧 내가 심어놓은 칼을 발견하게 될 거야.'

전금녀의 현금은 아직 드러나지 않은 비장의 무기다.

전기차 회사인 T 모터스와 드림 모터스를 마음대로 못 주무르게 되면 에릭 한센과 엘리시움 등 네오메이슨 진영은 심대한 타격을 입게 될 것이다.

주총에서 최치우가 포효했다면, 이번에는 강철 같은 이빨로 적의 급소를 물어뜯을 시간이다.

더불어 다른 소울 스톤을 찾는 일도 게을리 할 수 없다.

겨울을 앞둔 최치우의 시계가 빠르게 움직이고 있었다.

9장

정령 헌터

임동혁은 뉴욕 최고의 로펌으로 유명한 LCK를 선임했다.

배후 스토리는 사뭇 흥미로웠다.

엘리시움에서도 LCK에게 일을 맡기려 했었다.

원래라면 그들은 이미 LCK와 계약을 하고 일을 추진했을 것이다.

하지만 루이스 해밀턴의 소송 발언은 계획된 게 아니었다.

그는 주총에서 최치우의 담담한 포효를 듣고, 예정보다 일찍 이빨을 드러냈다.

어떻게 보면 빈틈을 찾아낸 것이고, 또 어떻게 보면 최치우에게 말린 셈이다.

그 결과 용의주도한 엘리시움이 1순위 로펌을 놓치는 우를 범하고 말았다.

물론 뉴욕에는 LCK 말고도 훌륭한 로펌들이 즐비하다.

하지만 첫 단추부터 선수를 뺏겼으니 기분이 좋을 리 없다.

반면 임동혁은 의기양양했다.

그의 인맥과 배경이 또 한 번 빛을 발한 것이다.

"엘리시움도 뭐 별거 없는 것 같습니다, 하하하!"

한동안 올림푸스 여의도 사무실에는 임동혁의 웃음소리가 떠나지 않았다.

그도 이제는 엘리시움과 소송전을 벌이게 된 현실을 받아들였다.

처음에는 굳이 하지 않아도 될 싸움이라 생각했었다.

그러나 어차피 주사위는 던져졌다.

게다가 오성그룹이라는 숙명의 라이벌이 임동혁을 자극했다.

재계에서 오성그룹의 위상은 절대적이다.

대기업에 속하는 한영그룹도 오성 앞에서는 몇 번씩 고개를 숙여야만 했다.

그런데 하필 오성을 약탈하는 데 성공한 엘리시움과 싸우게 된 것이다.

만약 올림푸스가 엘리시움의 공격을 막아낸다면, 사람들은 자연스레 오성그룹의 사건과 비교할 게 분명하다.

한영그룹의 후계자인 임동혁이 오성그룹 부회장 이지용에게 간접적으로 한 방 먹일 수 있는 기회였다.

"의도가 너무 불순한 것 같은데."

최치우는 신이 난 임동혁을 보며 혀를 찼다.

한참 형이지만 언제 철들지 도통 답이 안 나왔다.

그래도 LCK와 계약을 맺은 건 칭찬할 일이었다.

가뜩이나 미국 내부의 로비에 취약한 상황이다.

로펌 선임마저 밀렸다면 엘리시움은 더더욱 기세등등해졌을 것이다.

더구나 많은 주주들이 올림푸스와 엘리시움의 싸움을 지켜보고 있다.

엘리시움이 유리해지는 것 같으면 다들 말을 갈아탈지 모른다.

"LCK에선 사건을 어떻게 보고 있습니까?"

최치우는 임동혁에게 다가가 핵심적인 질문을 던졌다.

첫 번째 단계는 뉴욕에서의 재판 진행 여부다.

뉴욕주 법원이 사건을 받아들이지 않으면 엘리시움은 소송을 포기할 수밖에 없다.

서울에서 소송을 걸어봐야 남는 게 없다는 걸 알기 때문이다.

"우선 법원에서 사건을 접수할 가능성은 상당히 높게 보고 있었습니다."

"안 좋은 소식이군요. 그래도 예상 범위 안이니까."

"네. 제가 수시로 연락하며 상황을 보고하겠습니다. LCK는 뉴욕에서 소송이 진행될 경우를 감안해 자료 조사를 시작했습니다."

"알겠습니다. 법적 분쟁은 이사님이 디테일하게 챙겨주세요."

"걱정하실 일 없게 제대로 처리하겠습니다."

임동혁이 자신감 넘치는 태도로 답했다.

최치우는 그를 믿었다.

동기 부여 된 임동혁은 누구도 말리기 힘들다.

가만히 내버려 두면 버서커 모드로 최고의 성과를 낼 것이다.

'당분간은 LCK가 실무를 처리할 거 같고… 나는 두 번째 소울 스톤을 찾아야겠다.'

최치우는 대표실로 들어오며 결심을 굳혔다.

김도현 교수는 첫 번째 소울 스톤 안에 엄청난 에너지가 담겨 있음을 밝혀냈다.

앞으로 막대한 예산 투자와 집중 연구를 통해 소울 스톤의 에너지를 뽑아낼 방법을 찾아낼 것이다.

그렇기에 다른 속성의 소울 스톤이 더 필요했다.

다양한 샘플이 갖춰져야 연구가 탄력을 받을 수 있다.

최치우는 불의 속성이 아닌, 물이나 바람 또는 대지의 소울 스톤을 찾기로 마음먹었다.

'아슬란 대륙에서는 불, 물, 바람, 그리고 대지의 정령이 존재했었지. 어쩌면 이곳엔 더 다양한 속성의 정령이 있을 수도.'

아슬란 대륙과 현대의 지구에 존재하는 정령들이 100% 일치하란 법은 없다.

다만 상급 불의 정령인 샐러맨더는 아슬란 대륙에서 들었던 그대로였다.

샐러맨더의 케이스를 보면, 아마 상당히 비슷한 유형으로 정령들이 존재하는 것 같다.

그래도 혹시 모른다.

만약 뇌전의 정령 같은 게 존재한다면 대박이다.

최치우와 김도현 교수는 소울 스톤으로 전기를 만들어내고자 애를 쓰고 있다.

그런데 전력과 가장 비슷한 뇌전 속성의 정령을 소멸시켜 소울 스톤을 얻으면 효율이 엄청나게 높을 것이다.

60억, 아니 70억 인구가 살아가는 드넓은 차원 지구에는 무궁무진한 가능성이 숨어 있다.

직접 몸으로 부딪치며 미스터리 아래 숨어 있는 가능성을 발굴하는 수밖에 없다.

최치우는 비서팀에서 보내온 주요 일정을 체크하며 날을 골랐다.

또 다른 소울 스톤을 손에 넣기 위해 먼 길을 떠나야 할 시간이 다가오고 있었다.

＊   ＊   ＊

최치우는 첫 번째 소울 스톤을 찾아 미국으로 떠날 때부터 비서팀에게 단단히 일러뒀다.

앞으로 정확한 내용을 밝힐 수 없는 해외 출장이 잦아질 거라고 말이다.

그래서인지 비서팀장은 최치우의 일정을 느슨하게 잡았다.

꼭 필요한 미팅이나 행사 참석이 아니면 스케줄을 픽스하지 않았다.

언론 인터뷰 역시 마찬가지였다.

국내외 방송국과 신문사에서는 최치우를 인터뷰하기 위해 매일같이 연락을 해온다.

인터뷰를 따기만 하면 특종이기 때문이다.

그러나 최치우는 언론과 거리를 뒀다.

너무 가까울 필요도, 또 너무 멀 필요도 없는 게 바로 언론이다.

그는 홀가분하게 캐리어를 끌고 공항으로 향했다.

올림푸스의 전속 작가로 변신해 웹툰을 그리고 있는 문지유에게도 출장 내용을 비밀로 붙였다.

대자연의 힘이 강성한 곳에서 정령을 찾고, 그로부터 소울스톤을 얻는다는 이야기를 해줄 순 없었다.

"사람이 진짜 많긴 많다."

최치우는 인천공항을 가득 채운 사람들을 보며 혼잣말을 읊조렸다.

불황이라는 말이 무색했다.

평일 오후 시간인데 출국장에 모인 사람들의 줄이 끝도 없었다.

물론 최치우는 체크인을 위해 오래 기다릴 필요가 없었다.

비즈니스와 퍼스트 클래스 승객은 별도의 체크인 카운터가 있기 때문이다.

그는 퍼스트 클래스 전용 카운터에서 여권을 보여주고 티켓을 받았다.

얼굴의 반 이상을 가리는 선글라스를 쓰고 있었기에 항공사 직원도 뒤늦게 최치우를 알아봤다.

"어머!"

최치우는 깜짝 놀라 저도 모르게 탄성을 터뜨린 항공사 직원을 보며 웃었다.

예전에도 비행기 안에서 만난 승무원과 짧은 로맨스를 나눈 적이 있었다.

그를 알아보고 환호하며 동경하는 사람들은 이제 일상이다.

최치우는 인기 연예인, 한류 스타의 삶이 궁금하지 않았다.

TV와 영화관을 종횡무진 누비는 그들 못지않게 많은 관심을 받기 때문이다.

때로는 사람들의 관심이 부담스러울 때도 있다.

최치우에게도 악플을 다는 안티가 있고, 사인을 받거나 사진을 찍겠다고 사람들이 모여들면 거리에서 움직이기 힘들 정도다.

하지만 최치우는 불편함을 감사하게 여겼다.

인기를 먹고 사는 연예인은 아니지만, 국민들의 관심과 응원은 큰 힘이 된다.

"아… 죄송합니다, 고객님."

"아니에요. 자주 있는 일이라서."

항공사 직원은 잘못을 하지도 않았는데 황급히 사과했다.

최치우는 그녀에게 캐리어를 건넸다.

"보딩 타임은 오후 4시입니다. 퍼스트 클래스 전용 라운지 위치는 알고 계세요?"

"네."

인천공항의 퍼스트 클래스 라운지는 눈을 감고도 찾아갈 수 있다.

여자 직원은 그럴 줄 알았다는 듯 고개를 끄덕이며 정중하게 인사했다.

"그럼 편안한 여행 되십시오, 고객님."

"덕분에, 고맙습니다."

체크인 게이트에서 나온 최치우는 다시 선글라스를 착용했다.

안 그래도 공항이 복잡한데 괜한 소란이 나는 걸 원치 않았다.

체크인은 전용 게이트에서 편하게 했어도 입국 수속은 똑같이 줄을 서야 한다.

다행히 여행 분위기에 들뜬 사람들은 최치우를 알아보지 못했다.

최치우는 우여곡절 끝에 입국 수속을 마치고 라운지로 걸어갔다.

그의 목적지는 남미의 베네수엘라다.

한국에서는 베네수엘라로 가는 직항 항공편이 없다.

LA에서 환승하는 시간을 포함하면 30시간 넘게 날아가야 한다.

최치우가 지구 반대편에 위치한 베네수엘라로 가는 이유는 간단했다.

그곳에서 정령이 존재할 법한 단서를 발견했기 때문이다.

한국 사람들에게 베네수엘라는 미녀의 나라로 유명했다.

그렇지만 최치우는 미녀 때문이 아닌, 엔젤 폭포의 이상 기후 뉴스를 보고 남미행을 결심한 것이다.

엔젤 폭포는 높이가 무려 979m에 달한다.

당당하게 세계에서 가장 높은 폭포에 이름을 올리고 있다.

하지만 1933년 비행기로 광물 자원을 탐사하던 지미 엔젤에 의해 발견되기 전까지는 존재조차 알려지지 않은 폭포였다.

그만큼 베네수엘라에서도 인적이 드문 오지에 위치하고 있었다.

"유수량이 적으면 물이 바닥에 떨어지기 전에 안개로 증발되기도 하는데… 최근 들어 급격히 수량이 늘어났다는 건 의심스러운 일이지."

최치우는 라운지의 안마 의자에 앉아서 관련 뉴스를 검색했다.

한국어 뉴스는 찾아볼 수 없었다.

나이아가라 폭포, 이과수 폭포가 아니면 한국 사람들의 관심을 받기 힘들다.

아마 엔젤 폭포가 무엇인지 아예 모르는 사람이 훨씬 더 많을 것이다.

최치우도 우연히 내셔널 지오그래픽 사이트에서 해당 뉴스를 접하게 됐다.

그는 이상 기후의 배경에 정령이 존재할 가능성이 높다고 판단했다.

캘리포니아의 산불도 샐러맨더 때문에 증폭된 것이었다.

엔젤 폭포는 평소 유수량이 적기로 유명하다.

그런데 올 가을부터 물의 양이 대폭 늘어났다. 큰비가 쏟아진 것도 아니고, 딱히 비가 많이 온 것도 아니었다.

그나마 다행인 것은, 캘리포니아에서의 산불처럼 심각한 자연재해가 일어난 건 아니라는 것이다.

자연재해 대신, 엔젤 폭포가 위치한 이곳, 카나이마 국립공원의 생태계가 변하고 있었다.

폭포의 수량이 늘어난 여파로 주위의 희귀 식물들이 죽는 것이다.

식물은 물이 부족해도 죽지만, 너무 많은 물을 머금어도 죽는다.

원래라면 안개로 증발했어야 할 폭포수가 끝까지 내리꽂히고, 다량의 수분이 사방으로 퍼지면서 식물들이 영향을 받게 됐다.

"베네수엘라에서도 사람들이 가기 힘든 오지의 국립공원, 그리고 자연재해 역시 심각한 수준은 아니고… 차라리 잘됐어. 훨씬 편하게 움직일 수 있겠다."

캘리포니아 산불은 전 세계의 주목을 받는 재해였다.

샌프란시스코의 소방력이 집중될 수밖에 없었고, 최치우는 사람들의 눈길을 피하기 위해 야밤에 움직여야 했다.

그에 비해 엔젤 폭포는 머나먼 남미라는 게 걸릴 뿐, 자유롭고 편하게 움직이기 딱 좋은 환경이다.

"이왕이면 내 흔적을 안 남겨야지."

최치우가 베네수엘라에 방문한 사실은 기록으로 남는다.

그것까지 완벽히 숨길 수는 없다.

그러나 베네수엘라 안에서는 이야기가 달라진다.

조금만 머리를 쓰면, 그리고 돈을 쓰면 충분히 행적을 감출 수 있다.

굳이 엔젤 폭포가 있는 카나이마 국립공원에 찾아가는 걸 알릴 필요가 없다.

최치우는 다시 한번 머릿속으로 로드맵을 정리했다.

베네수엘라의 수도 카라카스에 도착하는 순간부터 작전은 시작된다.

어쩌면 기껏 남미까지 날아가서 소득 없이 돌아올 수도 있다.

하지만 예감이 나쁘지 않았다.

무작정 비행기 티켓을 끊은 게 아니기 때문이다.

대자연의 기운이 왕성하고, 이상 기후 현상이 발생한 곳을 그냥 지나칠 수는 없다.

'설마 샐러맨더보다 더 강한 정령이 있진 않겠지? 그럼 좀 피곤하겠군.'

최치우는 화재 복판에 뛰어들어 샐러맨더와 싸웠던 걸 떠올리며 피식 웃음을 터뜨렸다.

그보다 위험한 상황이 펼쳐져도 극복하는 수밖에 없다.

세상을 바꾸기 위해 최치우는 소울 스톤 컬렉터가 되어야만했다.

*　　　*　　　*

각오는 했지만 쉽지 않은 길이었다.

최치우는 인천공항에서 미국 LA, 그리고 LA에서 베네수엘라의 수도 카라카스까지 비행기를 타고 이동했다.

아무리 편안한 퍼스트 클래스를 타도 30시간 넘는 비행은 사람을 지치게 만든다.

최치우는 비행기 안에서 업무를 보고, 시시각각 올라오는 뉴스를 확인했다.

요즘은 기내에서도 와이파이를 쓰는 게 어렵지 않았기에 가능한 일이었다.

인터넷을 사용할 수 있음에도 불구하고 카라카스에 도착할 즈음에는 오랜 비행의 지루함을 견디기 힘들었다.

물론 비행기에서 시간을 보내는 것이 나쁜 것만은 아니었다.

최치우는 휴식 없이 로봇처럼 일을 해왔다.

그가 마음을 푹 놓고 쉴 수 있는 시간은 거의 없다.

퍼스트 클래스에서 승무원들의 극진한 서비스를 받는 것은 휴가나 다름없었다.

최치우의 지루하면서도 편안한, 묘한 휴가는 카라카스에 도착하며 끝이 났다.

최치우는 카라카스에서 가장 좋은 호텔 스위트룸을 빌려서 짐을 풀었다.

여독을 풀려고 호텔을 선택한 게 아니다.

일종의 알리바이를 만들기 위해 머리를 쓴 것이다.

그는 5일 동안 머무를 예정이라며 스위트룸을 예약했다.

실제로는 내일 해가 뜨기 전 카나이마 국립공원으로 출발할 계획이었다.

몸은 엔젤 폭포가 있는 카나이마로 가지만, 기록으로는 계속 카라카스에 머무는 셈이다.

또한 최치우는 투숙하는 내내 청소가 필요 없다고 당부했다.

호텔 측에서는 그리 이상하게 여기지 않았다.

프라이버시를 중요하게 여기는 스위트룸 고객들은 종종 비슷한 요청을 한다.

최치우가 이렇게까지 조치를 취하는 건 만약을 대비하기 위해서다.

그는 국제적인 주목을 받는 거물이 됐다.

다른 나라의 정보기관이나 사설탐정들이 최치우의 행적을 쫓을지 모른다.

보통 사람이 CIA에게 추적을 당한다고 말하면 망상병에 걸린 것이다.

그러나 최치우 정도면 CIA의 요주 인물 리스트에 올라가도 이상하지 않다.

혹시 행적이 드러났을 때, 최치우가 매번 자연 현상이 두드러지는 곳을 찾는 게 알려지면 괜한 의심을 살 수 있다.

그는 다가오지 않은 미래의 변수까지 차단하며 움직이고 있었다.

당연히 카나이마 국립공원까지는 차로 이동할 것이다.

기껏 호텔로 알리바이를 만들었는데 대중교통을 이용하면 말짱 꽝이다.

다행히 베네수엘라에는 편법으로 렌터카를 이용할 방법이 널려 있었다.

넉넉한 현금을 주고 현지인이 대신 차를 빌리게 만든 것이다.

최치우의 여권은 어디에도 쓰이지 않았다.

그렇게 기록을 하나도 남기지 않고 오프로드를 주차할 수 있는 지프를 빌렸다.

경제적으로 후진국일수록 돈이 있으면 뭐든 할 수 있다.

반면 선진국은 시스템이 체계적으로 잡혀 있어 요령을 부리기 힘들다.

준비를 마친 최치우는 운기조식을 하며 기운을 다스렸다.

만에 하나 샐러맨더 같은 상급 정령이 나타나면 혈전을 벌여야 한다.

폭포가 후보지이기 때문에 물의 정령이 나올 확률이 높다.

과연 그곳에 정령이 있을까.

물의 정령도 불의 정령처럼 파괴적일까.

여러 의문이 최치우의 마음을 어지럽혔다.

아슬란 대륙에서 정령과 직접 부딪친 경험은 많지 않았다.

다만 고문서와 이야기를 통해 배운 지식의 양이 어마어마할 따름이다.

'몸으로 배운 것과 글로 배운 것은 천지 차이. 이번에도 고생 깨나 할 수밖에 없겠어.'

최치우는 엔젤 폭포에 정령이 존재한다면 고생 할 마음을 먹었다.

편하게 소울 스톤을 얻으리란 기대는 딱 접어뒀다.

샐러맨더와 싸울 때처럼 죽을 고비를 넘겨도 좋으니 정령이 있기만 하면 너무 기쁠 것 같았다.

"하늘은 스스로 돕는 자를 돕는다고 했으니까."

운기조식을 마친 최치우는 현대의 오랜 격언을 곱씹었다.

베네수엘라까지 날아와서 온갖 귀찮은 일을 혼자 해결하고 있다.

이만하면 부끄럽지 않게 스스로를 도운 셈이다.

이제 엔젤 폭포로 달려가서 하늘이 최치우를 도왔는지 뚜껑을 열어봐야 한다.

은밀하게 나갈 채비를 하는 최치우의 동작이 바빠졌다.

세상을 구하는 데 쓰일 소울 스톤을 찾기 위해 최치우는 누구보다 열심히 노력하고 있었다.

*   *   *

카나이마 국립공원은 베네수엘라 동남부 볼리바르 주에 위치하고 있다.

최치우는 어두운 새벽을 뚫고 볼리바르까지 달려갔다.

차명으로 빌린 지프카는 기대 이상으로 쓸 만했다.

무조건 시세보다 더 높은 가격을 지불했기 때문에 최신식 차량을 구할 수 있었다.

볼리바르까지 가는 길 곳곳에는 오프로드가 펼쳐져 있었다.

만약 제대로 된 지프카를 구하지 않았다면 시간이 몇 배는 더 걸렸을 것이다.

'역시 가성비보단 무조건 최고를 구하는 게 답이야.'

최치우는 자신이 철학을 상기하며 액셀을 밟았다.

세상에는 가성비를 추구하는 사람들이 많다.

하지만 효율적인 선택을 위해 머리를 쓰다가 오히려 놓치는 게 더 많아지기 십상이다.

그럴 바엔 차라리 처음부터 최고의 것을 선택하면 된다.

어차피 최치우에게 있어 비용은 아무 문제가 아니었다.

그는 하루 온종일을 달리고 또 달려 볼리바르에 도착했다.

수도다운 면모를 보이던 카라카스와 달리 볼리바르는 오지가 따로 없었다.

이곳에도 대도시가 있지만, 현대식 인프라가 매우 미비했다.

마치 한국의 70년대나 80년대로 시간 여행을 온 것 같은 기분이었다.

어쩌면 그렇기 때문에 날 것 그대로의 여행을 찾는 사람들에겐 베네수엘라가 매력적일지 모른다.

그러나 최치우는 여행을 즐기러 남미까지 날아온 게 아니었다.

수도 카라카스의 낭만적인 골목도, 볼리바르의 거친 풍경도, 심지어 베네수엘라가 자랑하는 세계 제일의 미녀들도 관심 밖이었다.

최치우는 볼리바르에서 60㎞ 떨어진 카나이마 국립공원만 생각하고 있었다.

그는 볼리바르에 도착하자마자 국립공원에 대한 정보를 물색했다.

인터넷 검색에는 한계가 있다.

현지의 살아 있는 정보는 결코 인터넷에서 찾을 수 없다.

다행히 볼리바르 곳곳에는 카나이마 국립공원 투어를 진행하는 여행사들이 있었다.

그들에게 돌아가며 상담을 받은 최치우는 몇 가지 중요한 사실을 알아냈다.

'카나이마 국립공원은 엄청나게 넓다. 우리나라 경상남도와 북도를 합친 크기라니……. 그래서 여전히 인간의 발길이 닿지 않은 미지의 구역이 있고, 여행사에서는 안전이 확보된 코스만 겉핥기로 겨우 훑어보는 편이야. 엔젤 폭포는 기후가 나쁘면 접근하기 힘들고. 위험한 만큼 사람들의 시선을 걱정할 필요는 없겠군.'

국립공원이라는 이름만 보면 작고 안전한 놀이동산을 떠올리기 쉽다.

하지만 아프리카나 남미의 국립공원은 야생 그 자체다.

공원의 경계도 불분명하고, 국가에서 제대로 관리하지도 못한다.

여전히 카나이마 국립공원에는 미개척지가 있다고 한다.

요즘 세상에 인간의 발길이 아예 닿지 않은 지역이 남아 있는 것이다.

그 사실만 봐도 카나이마 국립공원이 얼마나 넓고 험한 오지인지 짐작할 수 있었다.

'해가 떨어지기 직전, 카나이마에 들어가 밤을 기다린다. 그 후 아무도 없을 때 엔젤 폭포로 가서 정령의 존재를 확인하면 되겠어.'

활동 수칙을 정한 최치우는 다시 차에 올라 핸들을 잡았다.

60km 떨어진 공원 인근까지는 지프로 이동할 예정이었다.

근처에 차를 세워두고, 저녁이 다가올 때쯤 공원에 들어가면 된다.

간혹 간이 배 밖으로 나온 탐험가들이 공원에서 캠핑을 하는 경우도 있다.

그러나 최치우가 그들과 마주칠 가능성은 극히 낮았다.

특히 엔젤 폭포 주변은 밤이 되면 야생동물이 출몰하는 지역이라 탐험가들도 피한다고 했다.

최치우는 현지에서 발로 뛰며 얻은 소중한 정보를 되뇌며 시동을 걸었다.

부와아앙—

또 다시 거친 길을 돌파해야 할 지프가 야생마 같은 배기음을 내뿜었다.

그렇게 또 1시간 가까이 고독한 질주를 계속했다.

최치우는 드디어 카나이마 국립공원 인근에 다다랐다.

여기까지 오기 위해 얼마나 많은 에너지를 쏟아냈는지 모른다.

하지만 아직 감상에 빠질 때가 아니다.

엔젤 폭포, 베네수엘라 사람들이 앙헬 폭포라 부르는 곳에 발을 내딛어야 한다.

처억!

지프차 문을 닫고 내린 최치우는 깊은 숨을 들이마셨다.

운기조식으로도 완벽히 해소할 수 없는 피로가 몸 구석구석을 괴롭혔다.

그렇지만 이미 노을이 하늘을 물들이고 있었다.

조금만 지나면 금방 어두워질 것이다.

여유를 부리며 쉴 틈이 없었다.

"한국에 돌아가면 질리도록 쉬어야지."

그가 스트레칭을 하며 혼잣말을 내뱉었다.

하지만 한국에 가도 편히 쉴 수 있는 팔자와는 거리가 멀다.

세상을 바꾸는 사람들은 매일을 전쟁처럼 치열하게 보낸다.

최치우만 유독 워커홀릭인 게 아니었다.

밖에서 보기엔 어마어마한 부와 명예를 누리며 편하게 사는 것 같지만, 보통 사람은 감당하기 힘든 고민과 스트레스를 짊어지고 살 수밖에 없다.

마치 백조가 물 위에선 우아하게 보여도 수면 아래에선 죽어라 발길질을 하는 것과 비슷하다.

"후—! 가보자!"

최치우는 자신에게 기합을 불어넣고 땅을 박찼다.

여기서부턴 마음 편이 경공을 펼쳐도 된다.

그는 봉인이 풀린 사람처럼 바람을 가르며 국립공원을 가로질렀다.

휘익—

눈앞에 나타난 높은 철조망을 가볍게 뛰어넘는 건 기본이다.

최치우는 감각을 예민하게 끌어 올리며 길을 만들었다.

관광객이 다니는 트래킹 코스를 선택하지 않았기에 무성한 식물들이 앞을 가로막았다.

쐐애액— 투두두둑!

총알처럼 빠른 속도로 경공을 펼치며 한 손으로 식물을 걷어내는 게 무척 성가셨다.

그러나 캘리포니아 북부를 생각하면 이 정도 고생은 양반이
다.

적어도 뜨거운 불길 안으로 뛰어들 일은 없을 테니 말이다.

'또 모르지, 불보다 무서운 게 물이라고 했는데.'

한참 길을 만들며 전진하던 최치우가 잠시 멈춰 섰다.

그는 무작정 달리고 있는 게 아니었다.

최치우가 지프를 세운 곳은 엔젤 폭포에 가기 좋은 위치였
다.

차에서 내린 다음에는 나침반을 세팅한 뒤 끊임없이 달려왔
다.

작정하고 경공을 펼쳤기에 웬만한 차보다 빨리 공원을 가로
질렀다.

즉, 이쯤 달려왔으면 폭포의 기운을 감지할 수 있어야 한다
는 것이다.

고오오오—

어둠이 내려앉기 시작한 국립공원을 스산한 바람 소리가 채
웠다.

언제 어디서 야생동물이 튀어나와도 이상하지 않다.

최치우는 눈을 감은 채 정신을 집중했다.

쏴아! 쏴아아아아—!

'찾았다.'

그는 어렵지 않게 엔젤 폭포의 물줄기 소리를 들었다.

내공을 귀에 집중시키면 레이더처럼 작은 소리도 탐색할 수 있다.

더구나 엔젤 폭포는 세계에서 가장 높은 폭포다.

900m에서 아래로 떨어지는 물줄기 소리를 최치우가 감지하지 못할 리 없다.

'이 방향 그대로 조금만 더 달리면… 나온다.'

그는 눈을 빛내며 다시금 땅을 박찼다.

광활한 자연 위로 최치우의 발자국이 남겨지고 있었다.

엔젤 폭포에 도착하면 이전과 똑같은 방법으로 정령을 불러낼 것이다.

최치우는 캘리포니아 화재 현장에서 얼음 속성 마법으로 샐러맨더를 자극했었다.

정령의 영역에서 인위적으로 다른 속성의 자연 재해를 일으키는 것.

그게 바로 정령을 불러내는 가장 확실한 방법이다.

쏴쏴쏴쏴!

점점 더 물줄기 소리가 커지고 있었다.

이제는 감각을 예민하게 끌어 올리지 않아도 들릴 정도였다.

엔젤 폭포가 가까워질수록 피부에 닿는 기운도 거세졌다.

예상보다 훨씬 강력하고 특별한 힘이 엔젤 폭포에 도사리고 있을 것 같았다.

"와아!"

이윽고 최치우는 외마디 감탄사를 흘릴 수밖에 없었다.

979m의 깎아지른 절벽에서 거대한 물줄기가 벼락처럼 내리꽂히고 있었다.

최근 유수량이 급증했다더니 물방울이 사방으로 튀어 올랐다.

폭포와 제법 떨어져 있었는데도, 최치우의 옷이 폭포에서 튕겨져 나온 물에 젖어가고 있었다.

세계에서 가장 높은 엔젤 폭포의 위엄은 상상 그 이상이었다.

폭포수만 대단한 게 아니다.

끈끈하게 온몸을 옥죄는 영험한 기운은 더더욱 심상치 않았다.

최치우는 정령의 존재를 확신했다.

분명 엔젤 폭포 어딘가에 정령이 숨 쉬고 있다.

그런데 마냥 기뻐할 일은 아닌 것 같았다.

"설마 했는데 역시… 샐러맨더보다 더 강한 힘이다."

미국 역사상 최악의 화재를 일으킨 상급 불의 정령, 샐러맨더를 능가하는 기운이 느껴졌다.

짙은 어둠 속 폭포 앞에 마주 선 최치우는 주먹을 꽉 쥐었다.

상급 정령을 넘어 인격을 지닌 존재, 최상급 혹은 정령왕의 그림자가 일렁거리고 있었다.

10장

도전하는 인간

쏴아아아아—

최치우는 엔젤 폭포 가까이 다가갔다.

수면을 내리치는 물줄기 소리 때문에 누가 말을 걸어도 들리지 않을 것 같았다.

캄캄한 어둠이 카나이마 국립공원을 덮은 지 한참 됐다.

웬만큼 담력이 좋은 사람도 무서움을 느낄 수밖에 없는 환경이다.

그러나 최치우는 무표정한 얼굴로 폭포를 바라보고 있었다.

폭포에서 튀어나온 물방울 때문에 이미 옷은 흠뻑 젖었다.

내셔널 지오그래픽에서는 엔젤 폭포의 수량이 늘어나 주위의 생태계가 영향을 받는다고 했다.

하지만 캘리포니아 화재처럼 참상을 자아내는 재해는 아니었다.

더구나 이곳은 사람이 살지 않는 지역이다.

막상 목적지에 도착하니 여러모로 생각이 복잡해졌다.

대형 화재처럼 반드시 막아야 하는 자연재해가 아닌데도 정령을 불러내 소멸시키는 게 옳은 일일까.

'배부른 고민을 하고 있군.'

상념은 오래 이어지지 않았다.

최치우는 단신으로 제국과 맞서 싸웠던 전사의 영혼을 타고났다.

목표가 있다면 없는 길도 만드는 게 그의 법이다.

고민을 끝낸 최치우는 주위의 마나를 몸 안으로 불러들였다.

불구덩이 속에서는 6서클의 빙결 마법 프로즌을 펼쳤었다.

그러나 폭포수를 얼려봤자 별다른 자극을 주지 못할 것이다.

그는 두 가지 방법을 떠올리고 있었다.

거대한 화염으로 폭발을 일으키는 것, 아니면 지각을 균열시켜 잠시나마 엔젤 폭포 전체를 뒤흔드는 것.

화염 속성의 마법을 펼치는 게 가장 간단한 방법이긴 했다.

물과 정반대의 속성이기에 정령을 자극하기 수월할 것이다.

하지만 자칫 불이 옮겨 붙으면 거대한 화재를 일으킬 수 있다.

세상의 시선이 카나이마 국립공원으로 쏠리면 최치우가 여기까지 온 사실도 알려질지 모른다.

'화염계의 마법은 너무 위험해. 그렇다면 역시 미니 퀘이크다.'

최치우는 작은 지진을 일으키는 6서클 마법, 미니 퀘이크를 선택했다.

순수 파괴력으로 따지면 최치우가 펼칠 수 있는 가장 강력한 마법이다.

그럼에도 불이 붙을 염려는 없기에 안성맞춤이었다.

'미니 퀘이크의 힘이 폭포를 강타하면… 모습을 드러낼 수밖에 없겠지.'

최치우는 가슴 깊은 곳에서 호승심이 피어나는 걸 느꼈다.

엔젤 폭포에서 샐러맨더 이상의 기운을 감지했기 때문이다.

최상급 정령, 혹은 정령왕 정도면 반신(半神)이나 마찬가지다.

한국으로 따지면 민간 전설에 나오는 산신령이 비슷한 존재일 것이다.

아슬란 대륙에서도 최상급 이상의 정령과 계약을 맺은 정령술사는 없었다.

샐러맨더 같은 상급 정령과 계약을 맺는 데 성공하면 대륙 최고의 정령술사로 대접받았다.

그렇기에 엔젤 폭포에 깃든 정령이 얼마나 위험할지 예측이 되지 않았다.

그럼에도 불구하고 강적을 만났다는 사실이 최치우의 피를 뜨겁게 만든 것이다.

목숨 건 혈투를 즐기는 전사의 영혼은 어디 가지 않았다.

현대의 CEO로 살아가고 있지만, 야성 어린 본능은 언제든 진면목을 발휘할 수 있다.

"미니 퀘이크."

준비를 마친 최치우는 고민하지 않고 캐스팅을 시도했다.

한껏 몰려든 마나가 손바닥에서 방출되며 후련함이 느껴졌다.

마나를 뿜어내는 이 기분은 오직 마법사들만 알 수 있다.

쿠구궁—!

꽈아아앙!

캐스팅 지점은 폭포수가 낙하하는 수면 아래였다.

그곳으로 쏟아져간 마나가 이적을 일으켰다.

굉음과 함께 엔젤 폭포가 아래에서부터 흔들린 것이다.

어둠이 시야를 가렸지만, 최치우는 무슨 일이 벌어졌는지 상세히 알고 있었다.

수면 아래 지반이 무너졌고, 급격한 균열로 폭포 전체가 충격을 받았다.

겉보기엔 큰 변화가 일어나지 않았지만, 어마어마한 에너지가 엔젤 폭포를 강타하고 지나간 셈이었다.

"이래도 안 나오시겠다?"

최치우는 콸콸 쏟아지는 폭포수를 노려보며 혼잣말을 읊조렸다.

미니 퀘이크 한 방으로는 부족하단 말인가.

그렇다면 얼마든지 더 강한 자극을 줄 수 있다.

그는 캘리포니아에서 샐러맨더와 싸우며 연달아 6서클 마법을 펼쳤었다.

죽을 고비를 맞았지만, 그것이 오히려 엄청난 약이 되었다.

그날 이후 한계를 넘어 6서클 마법을 몇 번이고 쓸 수 있게 됐기 때문이다.

이래서 실전은 최고의 훈련인 법이다.

만약 또 한 번 사투를 펼쳐 마법의 한계를 깨뜨린다면 7서클의 벽도 허물지 모른다.

6서클과 7서클은 천지차이다.

최치우는 마법사로서 벽을 뛰어넘을 시기가 가까이 왔음을 직감하고 있었다.

"한 번 더 해주지."

마음을 단단히 먹은 최치우가 마나를 불러들였다.

대자연의 기운이 몸 안으로 스며드는 게 느껴졌다.

이제 마나를 복잡하게 배열한 후 캐스팅을 완료하면 된다.

그가 다시금 미니 퀘이크를 캐스팅하려는 찰나, 어디선가 굵은 목소리가 울려 퍼졌다.

[그만―! 이미 충분하다.]

최치우는 캐스팅을 멈추고 눈을 날카롭게 떴다.

목소리는 귓가로 들려온 게 아니었다.

음성이 아닌, 의지로 전달되는 메시지였다.

전음과 비슷하지만, 보다 순수한 의지의 전달이기에 언어 장

벽도 문제가 안 됐다.

여기서 이런 방식으로 말을 걸 수 있는 존재는 하나밖에 없다.

엔젤 폭포의 정령이 나타난 것이다.

'의지와 인격을 지닌 정령이다. 예상대로 최상급, 아니면 정령왕이겠군.'

이전부터 느끼고 있었지만 막상 현실이 되니 더욱 경계가 됐다.

곧이어 최치우의 눈앞에서 과학으로 설명할 수 없는 자연현상이 일어났다.

촤르르르륵—!

엔젤 폭포의 중간 지점이 좌우로 갈라지고 있었다.

세차게 떨어져 내리는 물줄기가 중간에서 커튼처럼 열린 것이다.

물의 장막을 걷어 헤치고 모습을 드러낸 것은 말의 형상을 하고 있었다.

하늘색 반투명한 몸체의 말은 폭포의 중간 지점에서 훌쩍 땅으로 내려왔다.

무려 500m 가까운 높이에서 단번에 지상으로 착지한 것이다.

최치우는 물방울로 만들어진 것 같은 말, 엔젤 폭포의 수마(水馬)를 쳐다봤다.

[인간, 어찌하여 나를 침범하는가.]

다시금 정령의 의지가 마음속에서 울려 퍼졌다.

최치우는 영어를 쓰든 한국어를 쓰든 정령이 알아들을 거라 생각했다.

정령은 언어가 아닌 의지를 바탕으로 소통하는 존재이기 때문이다.

"여기에 오면 정령을 찾을 수 있을 것 같았다. 엔젤 폭포의 수량이 급증한 것… 너 때문이겠지?"

[정령을 알고, 찾을 수 있는 인간. 이 세계에서 본 적이 없다. 너는 누구인가.]

최치우가 인격을 지닌 정령을 신기해하는 것처럼 상대도 마찬가지였다.

현대의 지구에서 정령의 존재를 아는 사람은 전무하다.

오직 최치우만이 정령에 대해 알고, 찾아내며 또 소멸까지 시킬 수 있는 유일한 인간이다.

인격을 가진 정령 입장에서도 듣도 보도 못한 인간이 갑자기 나타났으니 놀라는 게 이상하지 않았다.

"통성명을 하자는 건가? 나는 최치우라고 한다. 넌 최상급 물의 정령인지, 아니면 정령왕인지 궁금하군."

[우리에 대해 이토록 잘 알고 있는 인간이라……. 나는 최상급 물의 정령, 아도니스다.]

불행인지 다행인지 엔젤 폭포에는 최상급 정령이 머물고 있었다.

정령왕은 인격을 지닌 최상급 정령들 중에서 가장 강력하고 특별한 존재다.

또한 유일하게 자신만의 독특한 이름을 가지게 된다.

아직 다른 차원에서의 무력을 완전히 회복하지 못한 최치우에게 정령왕은 버거운 상대일 것이다.

상급 정령인 샐러맨더와도 혈전을 벌였었다.

그렇기에 최상급 물의 정령 아도니스를 만난 것도 위기지만, 준비 없이 정령왕을 마주치는 것보단 나았다.

[다시 묻겠다, 인간. 어찌하여 나의 영역을 침범했는가. 너로 인해 폭포의 균형이 무너졌음을.]

아도니스는 자신의 의지를 전달하며 앞발을 내딛었다.

육중한 몸체의 하늘색 말이 최치우 쪽으로 성큼 다가선 것이다.

언제든 권능을 드러낼 준비를 하고 있다는 뜻이 분명했다.

인격 없이 마냥 파괴적이던 샐러맨더보다 온순해 보이지만, 아도니스는 최상급 정령이다.

직접적인 전투력은 불의 정령보다 떨어져도 타고난 레벨 자체가 다른 존재였다.

스으으으—

최치우도 단전의 내공을 전신으로 돌렸다.

아도니스가 먼저 움직이면 즉각 반응하기 위해서였다.

내공이 들끓자 최치우 주변의 기류가 달라졌다.

현대에서는 결코 볼 수 없는, 인간의 한계를 초월한 최치우의 힘이 공기를 타고 아도니스에게 전해졌다.

"미안하지만⋯ 너를 소멸시키고 정령석을 얻기 위해서 찾아왔다."

[어찌하여—!]

쿵!

최치우의 말이 끝나자마자 아도니스가 앞발로 땅을 내리찍었다.

짧게 지축이 흔들렸고, 엔젤 폭포에서 한 줄기 물이 화살처럼 쏘아졌다.

"배리어!"

미리 대비를 하고 있던 최치우는 방어 마법으로 물줄기를 막았다.

하지만 최상급 정령의 권능을 실감했다.

수면으로 떨어지던 폭포 줄기를 화살처럼 만들어 던질 줄이야.

그대로 맞았다면 엄청난 수압에 내장이 다 터졌을 것이다.

[인간은 대자연을 엉망진창으로 만드는 것으로도 모자라단 말인가! 어찌 자연을 수호하는 정령을 소멸시키겠다는 것인가!]

"그건 또 무슨 말이지? 1차원적인 생각을 하고 있군."

최치우는 아도니스의 분노에 냉소했다.

물방울로 만들어진 하늘색 말은 최치우를 노려보고 있었다.

언제라도 방금 전처럼 권능을 발휘해 공격을 퍼부을 기세였다.

최치우는 아도니스의 눈빛을 피하지 않았다.

"자연이 무조건 선하다는 생각은 고리타분해. 과학이 발전하지 않은 시대, 수많은 인간들이 자연의 변덕에 휩쓸려 죽어갔지."

[그것이 자연의 섭리다!]

"그 따위 섭리, 거부하면 그만이다."

[인간이란… 자연을 훼손하고도 반성할 줄 모르는 존재인가.]

"문명을 발전시키면서 인간은 훨씬 안락하고 오래 살 수 있게 됐다. 자연을 훼손하고, 부작용을 감당해야 하지만… 무방비 상태로 내몰렸던 과거보다 훨씬 나아졌어."

[끝없이 이기적인 발언이구나.]

"인간은 자연을 다스리는 존재다. 그게 부러우면 너도 인간해."

아도니스와 설전을 벌이며 최치우의 목표 의식도 뚜렷해졌다.

그는 소울 스톤으로 에너지를 개발해 인류의 미래를 바꿀 것이다.

널리 인간을 이롭게 하는 것, 그게 세상을 구하는 길이다.

자연을 위해서도 대체에너지 개발은 속히 이뤄져야 했다.

화력발전이나 원자력발전보다 소울 스톤을 이용한 발전이 훨씬 친환경에 가깝기 때문이다.

설령 정령들이 희생을 당해도, 자연을 보존하기 힘들어도 어쩔 수 없다.

최치우는 환생을 거듭하며 모든 차원에서 인간으로 살아

왔다.

인간의, 인간에 의한, 인간을 위한 역사를 써내려 가는 것이 그의 숙명이다.

"악감정은 없다. 정령들이 자연의 균형을 수호하는 것도 알고 있어. 그러나 균형을 위해 너희들이 일으키는 자연재해는 인간에게 너무 큰 위협이 된다."

[그 또한 인간들이 자초한 일!]

"대화는 즐거웠다. 덕분에 나도 작은 깨달음을 얻었고. 너의 소울 스톤은 반드시 좋은 일에 쓰도록 하지."

[건방진 인간—!]

더 이상의 대화는 불필요했다.

아도니스는 다시 앞발을 높이 들고 땅을 내리찍었다.

쿠웅—!

이전과는 다른 기파가 사방으로 퍼졌다.

엔젤 폭포에서 수십 갈래의 물줄기가 최치우를 노리고 쏘아졌다.

화살, 아니 미사일 같은 물줄기가 어두운 하늘을 가득 채웠다.

피할 구석은 어디에도 없어 보였다.

최치우는 최상급 물의 정령의 분노를 온몸으로 막아내야 했다.

그의 신념과 능력이 시험대에 오른 것이다.

"배리어!"

최치우의 입에서 방어 마법이 캐스팅됐다.

무형의 방어막이 그를 둘러쌌지만, 쏟아진 물줄기의 강도는 어마어마했다.

쩌저저적—

마법으로 만든 방어막이 깨졌다.

아직 남아 있는 물줄기가 최치우를 직격으로 노렸다.

"윈드 스피어—!"

최치우는 다급히 5서클 마법을 펼쳤다.

바람의 창이 생성돼 물줄기와 정면으로 부딪쳤다.

퍼어엉!

물방울이 사방으로 터져 나갔다.

수십 발의 물줄기가 최치우 주변을 폭격했기에 바닥은 흥건하게 젖었다.

단 한 번의 공격이지만 최상급 정령인 아도니스의 위력을 체감할 수 있었다.

그나마 공격력이 약한 물의 정령이라 백번 다행이었다.

파괴적이고 호전적인 불의 정령을 최상급으로 만났다면 훨씬 힘들었을 것이다.

'그래도 이건 너무하잖아!'

최치우는 속으로 욕을 내뱉었다.

물의 정령이지만, 최상급은 레벨이 다르다.

인격을 지닌, 어쩌면 정령왕이 됐을 수도 있는 존재다.

속성을 떠나 압도적인 권능을 갖고 있었다.

[강하다, 인간. 허나 여기까지다.]

아도니스의 네 다리가 모두 움직였다.

그의 몸체가 최치우를 향해 달려들기 시작했다.

아도니스는 말의 형상답게 엄청난 속도로 질주해 왔다.

'위험하다!'

최치우의 직감이 경고를 울렸다.

막을 수 없으니 피해야 한다고.

탓!

최치우는 내공을 가득 담은 다리로 바닥을 박찼다.

금강나한권이 절정에 이르며 몸놀림도 한층 가벼워졌다.

그는 5m 넘게 뛰어오르며 뒤로 물러서려 했다.

하지만 아도니스는 끝까지 최치우를 쫓아왔다.

우우우웅―

기묘한 소리와 함께 아도니스가 허공으로 뛰어올랐다.

곧이어 막을 틈도 없이 하늘색 준마(駿馬)의 형상이 최치우를 스치고 지나갔다.

아도니스는 그대로 최치우를 통과해 뒤에 착지했다.

그러나 최치우는 여전히 공중에 떠 있었다.

짙푸른 물방울에 갇혀 강제로 공중부양을 하게 된 것이다.

'읍―!'

[소멸은 너의 몫이다, 인간.]

아도니스가 사형을 선고하듯 묵직한 의지를 발산했다.

말 모양을 한 그의 몸이 최치우를 통과하며 물방울 감옥을 만들었다.

날이 밝았다면 더욱 기괴한 광경이었을 것이다.

사람이 거대한 물방울에 갇혀 공중에 떠 있는 모습을 누가 상상이나 할 수 있을까.

'이건……'

최치우의 얼굴이 새하얗게 질렸다.

물방울 감옥 속에서 호흡이 끊겼고, 온몸을 짓누르는 압력을 받고 있었다.

숨이야 얼마든지 참을 수 있다.

그런데 압력으로 짓이겨진 몸의 혈관이 터질 것 같았다.

시간이 조금만 흐르면 전신 혈관과 내장이 다 터져서 비참하게 죽을지 모른다.

이런 식의 공격은 한 번도 당해본 적이 없었다.

7번의 환생을 경험하며 8개의 다른 차원에서 살아본 최치우에게도 낯설고 위험한 순간이었다.

'벗어나지 못하면… 죽는다!'

그는 죽음이 가까운 곳에서 손짓하고 있음을 느꼈다.

여유를 부릴 상황이 아니었다.

전력을 다해 물방울 감옥을 부수고 나와야 한다.

1초, 1초가 아쉬웠다.

마법을 캐스팅하기에도, 금강나한권 초식을 펼치기도 어렵다.

방법은 하나밖에 없다.

단전에 자리 잡은 내공을 일시적으로 분출시키는 것이다.

순수한 내공을 초식도 없이 무지막지하게 뿜어내는 것만이 해결책 같았다.

내공 소모는 극심하겠지만, 뭘 해도 이대로 죽는 것보단 낫다.

최치우는 팔다리의 작은 핏줄들이 터지는 걸 느끼며 즉시 생각을 행동으로 옮겼다.

화아아아악!

어둠을 밝히는 섬광이 최치우에게서 뿜어져 나왔다.

그의 전신에서 솟구친 빛이 아도니스가 만든 물방울을 뒤덮었다.

쿠웅—

허공에 떠 있던 최치우의 몸이 바닥으로 떨어졌다.

전신의 내공으로 물방울 감옥을 부순 것이다.

그러나 짧은 시간 동안 적지 않은 대미지를 입었다.

거의 무방비 상태로 땅에 떨어지며 받은 충격도 만만치 않았다.

슈슈슈슉!

하지만 휴식을 취할 시간 따윈 주어지지 않았다.

엔젤 폭포에서 솟구친 물줄기가 최치우를 향해 날아왔다.

퍼퍼펑—

방금 전까지 최치우가 누워 있던 자리 위로 물줄기 화살 세례가 퍼부어졌다.

피하지 못했다면 흙바닥 대신 최치우의 몸이 만신창이가 됐을 것이다.

"최상급 아니랄까 봐… 지독하게 강하군."

최치우는 몸을 추스르며 순수하게 감탄했다.

물방울 감옥에 갇힌 건 두고두고 오래 기억될 것 같았다.

아도니스 역시 이채 어린 눈빛으로 최치우를 쳐다보고 있었다.

[나의 권능을 극복하다니… 강한 인간이여, 마지막 기회를 주겠다. 지금이라도 돌아가라.]

최치우가 수세에 몰려 있는 반면, 아도니스는 아직 여유로워 보였다.

어쩌면 아도니스가 아량을 베풀 때 피하는 게 나을지 모른다.

그러나 최치우는 피식 웃으며 대답했다.

"왜? 인간에게 소멸당할까 봐 두렵나?"

조금 전까지 물방울 감옥에서 목숨을 잃을 위기에 처했던 사람 같지 않았다.

싸우면 싸울수록 최치우의 영혼에 각인된 전사의 본능이 깨어나고 있었다.

단신으로 제국을 멸망시킨 호전적인 영혼.

오죽하면 신이 징벌을 내려 끝없는 환생을 하게 만들었을까.

아도니스는 최치우의 전투력을 각성시키는 촉매제가 됐다.

[강하지만 무모하군. 하긴, 그것이 인간들의 특성이다.]

"무모하기 때문에··· 인간이 언제나 세계의 주인이 되는 거지."

[이제 자비는 없다.]

"나야말로!"

말이 끝남과 동시에 아도니스가 다시 달려들었다.

공간을 뛰어넘는 질주.

아도니스가 최치우를 통과하면 또 다시 물방울 감옥에 갇히게 될 것이다.

똑같은 수법에 두 번 당할 수는 없다.

최치우는 먼저 마법을 캐스팅했다.

"윈드 스피어―!"

바람의 창이 아도니스를 향해 쏘아졌다.

정면으로 날아오는 윈드 스피어를 무시할 순 없다.

아무리 최상급 정령이라도 5서클 마법을 정통으로 맞으면 무사하기 힘들다.

휘익!

아도니스가 진로를 틀었다.

덕분에 윈드 스피어는 피했지만, 방향이 꺾이며 속도가 늦어졌다.

차이점이 생긴 것이다.

최치우는 그 작은 틈을 놓치지 않았다.

파바박!

그가 땅을 박찼다.

이번에는 아까처럼 공중으로 떠오르지 않았다.

아무리 높이 뛰어봤자 아도니스는 끝까지 따라붙을 것이다.

대신 남은 내공을 폭발시켜 이형환위(移形換位)를 펼쳤다.

휘리릭—

순간 최치우의 몸이 두 개로 늘어났다.

경공법이 절정에 다르면 인간의 속도를 초월하게 된다.

아주 잠깐이지만 잔상이 남아 마치 분신술을 펼친 효과를 낼 수 있다.

서로 다른 방향에서 다가오는 두 개의 그림자.

아도니스는 한쪽을 선택해야만 했다.

우우우웅!

고민할 시간은 길지 않았다.

아도니스의 몸체가 오른쪽에 아른거리는 최치우를 덮쳤다.

그쪽 그림자가 조금 더 짙게 일렁였기 때문이다.

피슉—

하지만 아도니스와 부딪친 최치우의 그림자는 신기루처럼 사라졌다.

"틀렸어!"

대신 왼쪽에서 최치우의 음성이 울렸다.

이형환위로 아도니스의 뒤에 서게 된 최치우는 준비한 마법을 캐스팅했다.

"인페르노(Inferno)—!"

거대한 화염이 아도니스의 뒷덜미를 덮쳤다.

그냥 불덩어리가 아니다.

6서클 마법 인페르노는 지옥에서 뽑아낸 불꽃의 정수다.

8서클에 해당하는 헬파이어의 마이너 마법이지만, 그 위력은 최신형 폭탄 몇 개를 합친 것보다 파괴적이었다.

화르르르륵!

이형환위에 속은 아도니스는 인페르노를 피할 수 없었다.

가까스로 몸체를 틀었지만, 유려하게 뻗은 엉덩이와 뒷다리가 활활 불타고 말았다.

[인간이 감히—!]

고통과 분노가 뒤섞인 아도니스의 절규가 울려 퍼졌다.

마법, 무공, 그리고 다시 마법으로 이어진 최치우의 공격은 전 우주 모든 차원을 통틀어 오직 한 사람만 쓸 수 있는 비장의 무기다.

차원을 넘나들며 무공과 마법을 각각 익힌 사람은 최치우밖에 없기 때문이다.

'이판사판이다.'

최치우는 원래 화재를 우려해 화염 속성 마법을 사용하지 않으려 했다.

그러나 인정사정 봐줄 수 있는 상황이 아니었다.

다행히 인페르노는 아도니스의 몸체에만 작렬해 불타오르고 있었다.

쿠우웅—

그때였다.

몸을 돌린 아도니스가 두 발로 땅을 내리찍었다.

말 형상을 한 아도니스의 뒷다리는 여전히 불에 활활 타오르고 있었다.

그럼에도 불구하고 멀쩡한 앞발로 최대의 권능을 이끌어낸 것이다.

촤아아악!

엔젤 폭포에서 쏟아지던 물줄기가 두껍게 응어리졌다.

이제까지 팔뚝만 한 굵기의 물줄기 화살이 쏟아졌다면, 이번엔 비교도 안 되게 큰 한 방이 날아올 것 같았다.

최치우는 마른침을 삼키며 엔젤 폭포를 주시했다.

'정면으로 돌파하는 수밖에 없다.'

그는 이것이 마지막 승부임을 직감했다.

아도니스의 전력을 어설프게 피하려다간 더 큰 화를 입을 것이다.

최치우도 모든 것을 쏟아낸 일격으로 응답해야 한다.

만약 여기서 쓰러지지 않는다면 이미 뒷다리가 불타고 있는 아도니스를 손쉽게 소멸시킬 수 있다.

고오오오오—

그러나 엔젤 폭포에서 뿜어지는 기파는 심상치 않았다.

최상급 물의 정령 아도니스가 전력을 다해 만들어낸 한 방이다.

폭포 하단에 생성된 물줄기, 아니 물기둥은 사람 몸통 몇 개를 합쳐놓은 것처럼 크고 굵었다.

[받아라, 인간!]

아도니스의 의지가 전파됐다.

최치우는 눈앞으로 날아오는 거대한 물기둥을 똑똑히 쳐다봤다.

그 역시 단전에 남은 내공을 쥐어짜 최후의 일격을 준비했다.

천보일권(千步一拳).

금강나한권 최종 비기이자 천년소림을 지켜온 무림 최강의 권법.

최치우는 광채로 휩싸인 주먹을 정직하게 뻗었다.

한 치의 군더더기도 없는 정권이 어마어마한 크기의 물기둥과 충돌했다.

마치 다윗이 조약돌로 거인 골리앗을 상대하는 것 같았다.

콰아아앙—!

고막을 찢는 파공성이 엔젤 폭포 인근을 울렸다.

마른하늘에 날벼락이라도 친 것 같았다.

촤르륵!

아도니스의 물기둥은 산산조각 나 흩어졌다.

어마어마한 양의 물방울이 주위를 휩쓸었고, 최치우도 온몸이 흠뻑 젖었다.

하지만 주먹을 뻗은 자세 그대로 굳건히 서 있었다.

힘과 힘의 정면 승부에서 이긴 것이다.

모든 것을 쏟아낸 아도니스는 믿을 수 없다는 듯 일그러진 표정을 지었다.

말의 형상을 한 얼굴이 경악으로 물든 게 확연히 보였다.

"쿨럭!"

최치우는 선 채로 검붉은 피를 토했다.

연달아 마법과 무공을 펼쳤고, 아도니스의 공격에 타격을 입어 기혈이 뒤집혔다.

그렇지만 여기서 멈출 순 없다.

한 걸음만 더 나가면 아도니스를 쓰러뜨릴 수 있다.

"인… 페르노……."

그는 가까스로 6서클의 화염 마법을 한 번 더 캐스팅했다.

무방비 상태로 넋이 나간 듯 서 있는 아도니스에게 지옥의 불꽃이 꽂혔다.

화아악―

하늘색 물방울로 이뤄진 아도니스의 몸 전체가 불길에 잡아먹혔다.

아도니스는 서서히 소멸하며 지독한 사념을 남겼다.

[인… 간……! 정령왕이… 너를 찾을 것이다……!]

슈우우욱!

아도니스의 몸체가 완전히 사라지고, 그 자리에 영롱한 푸른 빛 보석이 남았다.

세상을 바꾸는 데 쓰일 정령석, 소울 스톤이다.

최상급 정령의 소울 스톤이니 그 가치는 계산하기 힘들 것이다.

그러나 최치우는 아도니스가 남긴 소울 스톤을 찾으러 걸어
가지 못했다.

　털썩—

　그 자리에 쓰러진 최치우는 눈을 감고 미약한 숨을 내쉬었
다.

　사나운 전투가 끝나고, 카나이마 국립공원에 적막함이 감돌
았다.

　아무 일도 없었다는 듯 엔젤 폭포의 소리만이 깊은 밤을 지
켰다.

　한 움큼 피를 쏟아낸 최치우는 미동도 없이 흙바닥에 몸을
누이고 있었다.

　동트는 새벽이 찾아오려면 아직 먼 것 같았다.

11장

한계 너머

　모험심 충만한 탐험가들도 어둠이 내린 카나이마 국립공원을 돌아다니진 않는다.

　카나이마 국립공원 면적의 30%가량은 아직까지 단 한 번도 사람의 발길이 닿지 않은 미개척지다.

　그만큼 신비롭지만, 그래서 뭐가 나올지 모르는 위험한 곳이다.

　특히 엔젤 폭포는 베네수엘라 주민들에게 신성한 폭포로 불리며 경배와 두려움을 동시에 받고 있다.

　따라서 엔젤 폭포 바로 옆에 쓰러진 최치우를 발견해 줄 사람이 나타날 리 없다.

　해가 뜨고, 부지런한 여행자들이 폭포로 다가오면 그때야 발견딜 것이다.

그런데 놀라운 일이 일어났다.

풀숲과 바위, 나무와 폭포 사이에 깃든 마나가 최치우를 이불처럼 덮었다.

대자연의 기운인 마나는 몇몇 정령처럼 이성이나 인격을 지닌 존재가 아니다.

그저 순수한 자연의 정수, 그 자체다.

마나와 친숙해지는 방법은 하나뿐이다.

자주 받아들이고, 많이 사용하는 것이다.

결국 마나를 느끼는 마법사들이 꾸준히 수련과 실전을 반복하는 수밖에 없다.

최치우는 전생의 경험을 바탕으로 6서클을 완성시켰다.

동해 바다에 빠지며 대자연의 힘을 직접 느낀 영향도 크게 받았다.

그 후 무공 위주로 수련을 거듭했고, 실전에서 마법을 쓸 일은 많지 않았다.

그러나 최근 연달아 위기를 맞으며 한계까지 마법을 쓰게 됐다.

아프리카에서의 전투는 시작에 불과했다.

불구덩이 속에서 샐러맨더와 싸운 것, 그리고 아도니스와 전력으로 부딪친 것 모두 한계를 시험하는 일이었다.

그래서일까.

마나의 축복이 쓰러진 최치우에게 임하고 있었다.

최치우는 목숨을 건 상황에서 자신도 모르게 한계를 넘어선 것이다.

실전보다 좋은 훈련은 없다는 말은 동서고금의 진리다.

자칫하면 생명이 날아가는 극한의 실전은 무엇과도 바꿀 수 없는 보배다.

물론 정말 죽을 수도 있지만, 살아남으면 그만큼 보상이 주어지는 것이다.

쏴아아아아—

폭포에서 물이 떨어지는 소리 사이로 미세한 작용이 일어나고 있었다.

마나의 축복을 한 몸에 받은 최치우는 7서클의 벽을 깨게 됐다.

눈을 뜨면 한층 친숙해진 마나를 느끼며 7서클 마법을 캐스팅하게 될 것이다.

6서클에 해당하는 미니 퀘이크, 프로즌, 인페르노만 해도 작은 규모의 자연재해를 일으키는 파괴적인 마법이다.

그보다 한 단계 위인 7서클 마법은 말 그대로 기적을 재현할 수 있다.

만약 8서클에 도달해 어스 퀘이크, 블리자드, 헬파이어를 펼치게 되면 최정예 군부대 하나로도 최치우를 감당하기 힘들어진다.

아슬란 대륙에서도 8서클 대마도사 클래스의 마법사는 손가락에 꼽을 정도였다.

사실 최치우는 아슬란 대륙에서 인간으로 유일하게 9서클 현자 클래스에 올랐다.

하지만 평생을 마법에만 매진하며 살았던 제로딘 시절과 지금의 최치우는 다를 수밖에 없다.

그래도 과거의 지식과 경험을 갖춘 상태에서 마법을 배우기에 치트키를 쓴 셈이다.

제로딘으로는 중년이 된 나이에 7서클을 깨뜨렸었다.

그런데 최치우는 현대의 나이로 23살에 불과하다.

과연 최치우가 과거의 자기 자신, 제로딘을 넘어설 수 있을지 두고 볼 일이다.

우-우-우-웅!

최치우를 포근하게 감싼 마나는 끊임없이 공명하고 축복을 내리고 있었다.

의식을 잃은 상태에서 7서클의 벽을 허문 그의 내상도 자연스레 치유됐다.

죽음을 두려워하지 않고, 한계까지 몸을 내던지며 도전한 사람에게만 찾아오는 기적이 임한 밤이었다.

*   *   *

"저희 호텔에서 머무시는 동안 불편한 점은 없으셨습니까?"

호텔 전체를 관리하는 지배인이 일부러 최치우를 찾아와 질문을 했다.

그도 그럴 수밖에 없었다.

최치우는 베네수엘라의 수도 카라카스에서 가장 비싼 호텔 스위트룸을 일주일이나 빌렸다.

그래놓고 사흘 동안 청소를 포함한 모든 직원의 스위트룸 출입을 거부했다.

나흘째 되는 날 룸서비스로 식사를 시킨 게 전부였다.

사실 그럴 만한 사정이 있었다.

아무도 모르게 카나이마 국립공원에 다녀왔고, 나흘째가 되어서야 돌아왔기 때문이다.

엔젤 폭포의 정령 아도니스를 소멸시키고 소울 스톤을 얻은 최치우는 베네수엘라에 더 머물 이유가 없었다.

그래서 남아 있는 삼 일의 숙박은 취소했다.

물론 돈은 체크인 할 때 미리 지불했기에 다시 돌려받지 못한다.

애초에 환불을 받을 생각도 없었다.

최상급 정령의 소울 스톤을 찾았는데 뭐가 아쉽겠는가.

마음 같아선 베네수엘라의 호텔을 통째로 사버려도 괜찮을 것 같았다.

하지만 호텔 서비스를 총괄하는 지배인 입장에선 여러모로 궁금해 미칠 지경일 것이다.

최치우는 베네수엘라에서도 알아보는 사람이 있는 글로벌 셀레브리티다.

그런 주요 인물이 수천만 원의 숙박료를 내고 사흘 동안 코

빼기도 안 보이더니 나흘째 체크아웃을 한다.

혹시 호텔에서 불쾌한 일이라도 겪었는지, 대체 무슨 생각인지 호기심이 생기는 게 정상이다.

만약 최치우가 인터뷰나 SNS에서 베네수엘라의 호텔에 대해 안 좋은 이야기라도 하면 그 피해는 실로 엄청날 터.

국제적인 유명 인사의 말 한 마디는 수십 편의 광고와 맞먹는 힘을 가지고 있다.

그래서 다들 유명해지기 위해 기를 쓰고, 일단 유명해지면 어디서든 최고의 대우를 받게 되는 것이다.

최치우는 살짝 불안한 표정을 짓는 지배인을 보며 부드럽게 웃었다.

"덕분에 편안한 휴식을 즐겼습니다. 갑자기 다른 일정이 생겨 일찍 돌아가지만, 다음에도 베네수엘라에 오게 되면 이곳을 선택할게요."

"감사합니다. 앞으로 저희 호텔에서 고객님을 영구 VIP로 등록해 특별히 모시겠습니다. 카라카스에 머무시는 동안 1인 비서와 운전기사, 가이드 등 원하시는 모든 서비스를 제공해 드리도록 노력하겠습니다. 꼭 다시 찾아주십시오."

지배인은 조금 마음이 놓인 듯 최치우에게 최상의 서비스를 약속했다.

최치우는 흔쾌히 고개를 끄덕였다.

휴가를 마음 편히 즐길 수 있을 때, 베네수엘라는 유력한 후보지가 될 것 같았다.

사실 베네수엘라는 미녀들의 나라로 유명한데 작은 로맨스도 만들 겨를이 없어 아쉽기도 했다.

"그럼 다음에 또 봐요."

"네, 고객님. 공항까지 모실 차량은 대기시켜 놓았습니다."

"고맙습니다."

최치우는 한국에서 들고 온 캐리어를 호텔 직원에게 맡겼다.

그러나 카라카스에서 새로 산 백팩은 직접 챙겼다.

작은 백팩 안에 소울 스톤을 넣었기 때문이다.

'외국 부자들이 왜 전용기를 사는지 몰랐는데… 고민해 봐야겠어.'

최치우는 호텔 리무진을 타고 공항으로 이동하며 색다른 생각을 했다.

캘리포니아에서 소울 스톤을 들고 한국으로 올 때, 미국 공항 직원들이 깐깐하게 검문을 했었다.

베네수엘라 공항에서도 검문을 피하긴 어려울 것이다.

물론 일반 보석류 또는 공예품으로 둘러대면 공항에서도 통과를 시켜줄 수밖에 없다.

아무리 검문을 해도 그들은 소울 스톤이 무엇인지 알 수 없기 때문이다.

하지만 소울 스톤을 이용한 대체에너지 개발이 궤도에 오르고, 프로젝트가 세상에 공개되면 이야기가 달라진다.

다들 절대 구할 수 없는 소울 스톤을 찾기 위해 눈이 빨개질 것이다.

그때는 지금처럼 편하게 외국에서 소울 스톤을 들고 귀국하기 어렵다.

그러나 전용기가 있으면 공항 통과와 검문 절차가 한결 간소해진다.

게다가 시간이나 경로에 구애받지 않고 비교적 자유롭게 항공 이동을 할 수 있다.

막대한 비용이 들지만, 세계적인 거부들이 전용기를 사는 건 단순히 폼을 잡기 위해서가 아니다.

편의성과 보안 유지, 프라이버시 보호 등 여러 측면에서 그만한 가치를 하는 것이다.

'돈이 얼마 정도 드는지 알아봐야겠다.'

최치우는 진지했다.

그가 마음만 먹으면 내일이라도 전용기를 구입할 수 있다.

당연히 일시불로 구입하는 게 아니기 때문이다.

올림푸스의 경비로 비용 처리를 하면 세금을 아끼는 데 도움이 된다.

외국에서는 전용기가 활성화돼 있지만, 한국은 사정이 조금 다르다.

국내 정서 때문에 오성그룹 같은 재계 1위의 대기업도 전용기를 사지 못했다.

그런데 올림푸스가 전용기를 구매하면 상당한 화제를 불러일으킬 것이다.

우려하는 소리도 나오겠지만, 최치우는 크게 개의치 않을 것 같았다.

보수적인 한국 사회에서 누구도 시도하지 못한 일을 저지르는 것, 그게 올림푸스의 정신과도 일맥상통하기 때문이다.

'전용기든 연구 예산이든… 무조건 돈을 아끼는 게 능사는 아냐. 쓸 땐 확실하게 써야 더 클 수 있어.'

최치우는 베네수엘라에서 최상급 소울 스톤만 얻은 게 아니었다.

아도니스와 사투를 벌이며 7서클의 벽을 뛰어넘었고, 전용기 구입처럼 스케일이 큰 생각도 하게 됐다.

많은 것을 품에 안고 예정보다 일찍 한국으로 돌아가는 길.

이만하면 소소한 금의환향(錦衣還鄉)이라 불러도 될 것 같았다.

*　　　　*　　　　*

한국에 도착한 최치우는 하루를 조용히 보냈다.

단순히 쉬기만 한 것은 아니었다.

여의도 펜트하우스에서 그동안 소홀했던 사람과 일을 하나둘 점검한 것이다.

사람은 완벽할 수 없다.

환생의 경험이라는 치트키로 무장한 최치우도 마찬가지다.

그 역시 정신없이 올림푸스 업무에 집중하느라 놓친 게 많았다.

특히 가까운 사람들을 챙기지 못했다.

원래 세계적인 기업의 CEO 중에서 가정적이거나 다정한 사람을 찾아보기 힘들다.

글로벌 비즈니스 세계는 한 걸음만 삐끗해도 나락으로 떨어지는 살얼음판이기 때문이다.

다른 차원의 최치우였다면 주위 사람을 돌아보지 않았을 것이다.

아니, 올림푸스 같은 기업을 만들어 팀을 꾸리지도 못했을 게 분명하다.

그러나 현대에서 환생한 최치우는 사람들과 함께 같은 꿈을 꾸는 법을 배웠다.

독불장군이 아닌 리더가 되는 방법을 비로소 터득한 셈이다.

"네, 어머니. 다음 주 주말에는 집에 잠시 들릴게요. 푹 쉬세요."

최치우는 오랜만에 어머니와 통화를 나눴다.

서대문과 여의도.

무척 가까운 거리지만 일이 바빠 자주 찾아뵙기 어려웠다.

그래도 항상 어머니의 마음 씀씀이를 느낄 수 있었다.

매번 사양해도 손수 만든 반찬과 음식을 여의도 집으로 보내주시기 때문이다.

최치우는 어머니의 목소리를 다 듣고도 폰을 내려놓지 않았다.

이번에는 허철후에게 전화를 걸 차례였다.

산신령이라는 별호로 유명한 허철후는 한국 최고의 심마니다.

그가 구해준 호령독삼 덕분에 최치우는 임독양맥을 타통하고 만독불침을 이뤘다.

뿐만 아니라 프로메테우스를 개발하는 데 허철후의 역할이 지대했다.

최치우는 허철후를 올림푸스의 제약 부분 고문으로 초빙했고, 프로메테우스 1과 2를 개량하는 일의 전권을 맡겼다.

스스로를 책망하며 은거기인으로 살아가던 허철후가 최치우를 만나 일약 글로벌 기업의 중역이 된 것이다.

사실 허철후는 연봉이나 명예 같은 걸 중요하게 여기지 않았다.

대신 올림푸스에서 전 세계를 대상으로 자신의 능력을 입증하며 좋은 일을 할 수 있다는 데 의의를 뒀다.

일을 하는 동기도 특별했고, 사적으로 맺은 인연도 각별하다.

서로 도움을 주고받았지만, 최치우에게 있어 허철후는 보통 인연이 아닌 게 당연했다.

최치우는 폰에서 허철후의 이름을 찾았다.

곧이어 그가 통화 버튼을 누르려는 순간, 진동이 울리며 다른 메시지가 도착했다.

자연스레 먼저 메시지를 확인할 수밖에 없었다.

"성공했네, 다음 수를 알려주게······. 됐다!"

최치우는 문자를 소리 내 읽고, 짧은 환호성을 질렀다.

메시지를 보낸 사람은 다름 아닌 명동의 큰손 전금녀였다.

그녀가 실리콘밸리의 전기차 회사인 T 모터스와 드림 모터스 주식을 사는 데 성공한 것이다.

돈이 있다고 해서 무조건 주식을 살 수 있는 것은 아니다.

주식 또한 한정돼 있고, 시장에 풀려야 매입을 할 수 있다.

전금녀는 막대한 현금을 동원해 최치우가 제시한 만큼의 지분을 매입해 냈다.

드디어 에릭 한센과 네오메이슨의 뒤통수를 칠 수 있는 칼이 최치우 손에 들어왔다.

기대보다 일찍 낭보를 받은 최치우는 아드레날린이 마구 솟구치는 걸 느꼈다.

언제 어떻게 칼을 휘두를지, 즐거운 고민으로 하루를 보내게 될 것 같았다.

*　　　　*　　　　　*

"와―! 진짜 옛날 생각에 눈물이 앞을 가립니다."

임동혁은 호들갑을 떨며 신이 난 티를 팍팍 냈다.

최치우는 귀찮은 듯 그에게 반응해 주지 않았다.

대신 자리에 앉아 태블릿 PC로 국제 뉴스를 체크하고 있었다.

명백한 무시다.

그럼에도 불구하고 임동혁은 계속 말을 이어갔다.

"자동차를 산다고 해서 롤스로이스를 골랐는데, 뭐 이런 걸 사 왔냐고 타박을 받았던 게 불과 얼마 전입니다. 1년은 됐습니까?"

"여전히 차가 커서 좀 불편합니다."

최치우는 무표정한 얼굴로 대꾸했다.

임동혁이 마음대로 사온 롤스로이스 레이스는 최치우의 애마가 됐다.

덕분에 임동혁은 틈만 나면 자신이 차를 골라줬다고 생색을 냈다.

"그런 대표님이 전용기를 산다니! 이거 우리 영감도 못 가져 본 건데… 그러고 보니 대통령도 없는 걸 우린 갖게 되는 겁니다!"

"대통령은 해외 순방에 전용기를 이용한다고 들었습니다만."

"그거 전용기가 아니라 전세기입니다. 항공사에 임대료 주고 빌려 쓰고 있습니다. 사는 게 더 저렴한데, 그놈의 국민 정서가 뭔지 오히려 돈을 더 주고 임대를 한 겁니다."

"그렇군요."

최치우는 심드렁하게 고개를 끄덕였지만 묘한 기분이 들었다.

유영조 대통령도 없는 전용기를 자신이 사게 됐다.

투박한 비유지만 옛날로 치면 대통령은 왕이고, 청와대는 왕

궁이다.

올림푸스는 왕궁에도 없는 걸 당당히 구매할 정도로 위상이 높아졌다.

재계에서도 항공사를 소유한 그룹을 제외하면 유일무이한 케이스였다.

임동혁의 모 기업인 한영그룹은 물론이고, 오성그룹도 배 아파 할 게 분명하다.

그들은 돈이 있어도 시선 때문에 전용기를 살 엄두를 내지 못하기 때문이다.

똑똑—

그때 바깥에서 노크 소리가 들렸다.

"들어오세요."

최치우의 말이 끝나자 조심스레 문이 열렸다.

정장을 입은 중년인과 오피스룩이 환상적으로 잘 어울리는 젊은 여성이 함께 들어왔다.

두 사람은 앉아 있는 최치우와 임동혁을 향해 정중히 허리를 숙였다.

"처음 뵙겠습니다. AJ 에이전시의 김경호 본부장입니다."

"안녕하세요. 이유진 팀장입니다."

최치우도 자리에서 일어나 손을 내밀었다.

간단하게 악수를 나누며 통성명을 마친 네 사람이 마주 앉았다.

AJ 에이전시는 전용기 구매를 알선하고 대행하는 전문 업체다.

그들에게 있어 전용기를 사려는 손님은 누구든 VIP일 수밖에 없다.

한 번의 거래로 최소 백억 원이 오가고, 수수료 또한 엄청나기 때문이다.

한국의 전용기 거래를 총괄하는 김경호 본부장은 열성을 다해 설명을 했다.

임동혁은 비행기를 산다는 사실에 흥분한 듯 시종일관 눈을 반짝이고 있었다.

반면 최치우는 한참 여유로워 보였다.

남에게 과시하기 위해서가 아니라 정말 필요해서 전용기 구입을 결정했기 때문이다.

기분은 좋지만, 그렇다고 특별히 떨리거나 대단히 기쁠 일도 아니었다.

그런 태도가 특이해서일까.

이유진 팀장은 본부장을 도와 설명을 곁들이면서 은근슬쩍 최치우의 얼굴을 훔쳐봤다.

최치우도 그녀의 시선을 느끼고 있었다.

어디를 가도 사람들의 관심을 받지만, 비슷한 또래의 미녀가 보내는 눈빛은 색다른 자극을 준다.

최치우는 단정하지만 드문드문 섹시함이 엿보이는 이유진 팀장을 똑바로 쳐다봤다.

대담하고 노골적인 그의 시선에 이유진 팀장이 고개를 돌리며 뺨을 붉혔다.

남녀 사이의 기선 제압은 간단하다.

더 매력적인 쪽이 도발적으로 나가면 상대는 당황할 수밖에 없다.

나이, 외모, 명성과 재력까지 모든 면에서 최치우는 먹이사슬 꼭대기에 위치한 포식자였다.

"설명은 잘 들었습니다. 바로 본론으로 들어가죠. 복잡한 이야기를 좋아하지 않아서."

"네, 대표님."

최치우가 말을 끊자 김경호 본부장이 자세를 고쳤다.

누가 실질적으로 구매 결정을 할지 뻔했다.

대기업의 후계자로 알려진 임동혁도 올림푸스에서는 2인자다.

최종 결정은 당연히 최치우가 하게 될 것이다.

"우선 장거리 비행이 가능한 기종을 원합니다. 유럽이나 미국뿐 아니라 남미, 아프리카까지. 탑승 인원은 그리 많지 않을 것 같고… 내부를 쓸데없이 화려하게 치장하지 않아도 됩니다. 일반 여객기의 퍼스트 클래스 수준이기만 하면 좋겠군요."

최치우의 요구는 명확했다.

이번에도 남미의 베네수엘라를 다녀온 만큼, 언제 어디로 소울 스톤을 찾아 떠나게 될지 모른다.

초장거리 비행이 불가능한 중형기는 탈락이다.

대신 다른 부자들처럼 비행기 내부를 다이아몬드나 황금 등으로 꾸미며 헛돈을 쓸 생각은 없었다.

어차피 웬만한 전용기는 기본적인 편의 시설만 갖춰도 충분히 럭셔리할 것이다.

김경호 본부장은 눈치 빠르게 최치우의 의도를 캐치했다.

"초장거리 비행을 위해서는 두 가지 기종을 추천드리고 싶습니다. 보잉 787과 에어버스의 A350입니다."

"둘 다 중대형 기종이죠?"

"네, 대표님. 탑승 인원은 적다고 하셨지만, 아프리카나 남미까지 경유 없이 한 번에 가기 위해서는 두 기종이 적합합니다."

"가격은 어느 정도입니까?"

"저희 AJ에서 특별히 제공해 드리는 서비스를 적용했을 때······."

김경호 본부장이 잠시 뜸을 들였다.

그 정도로 가격이 만만치 않기 때문일 것이다.

최치우는 포커페이스를 유지한 채 그의 얼굴을 바라봤다.

"두 기종 모두 대략 삼천억 원 내외에서 구입하실 수 있습니다."

"예상은 했지만, 액수가 크긴 크네요."

"B787은 최대 1만 4천km, A350은 1만 5천km까지 운항이 가능합니다. 하지만 최대 운항 거리가 짧은 중소형 기종을 선택하시면 천억 원 이하로 다양한 선택을 하실 수 있습니다."

사실 전용기로 B787이나 A350 같은 중대형 기종을 선택하는 사람은 거의 없다.

국제적인 거부들도 천억 원 안팎의 중소형 기종을 구매해 럭셔리하게 장식하는 편이다.

하지만 최치우는 전용기를 구입하려는 분명한 목적이 있었다.

지구 반대편까지 보안을 유지한 채 언제든 날아갈 수 있는 게 아니면 무의미하다.

"대표님, 굳이 일반 항공사에서 쓰는 중대형 기종을 구매할 필요는 없을 것 같습니다."

임동혁도 최치우가 비교적 작은 전용기를 선택할 거라 생각했었다.

그렇기에 삼천억 원이라는 천문학적 숫자가 오가자 약간 놀란 눈치였다.

돈을 물 쓰듯 쓰는 임동혁에게도 쉽지 않은 금액이었다.

그러나 최치우는 오래 망설이지 않았다.

AJ 에이전시 사람들을 만나기 전부터 절반 이상 결정을 내리고 왔다.

그의 생각은 단순명료했다.

필요하면 산다.

소울 스톤을 안전하게 확보해서 얻는 이익은 삼천억 원보다 훨씬 더 클 것이다.

샐러맨더의 소울 스톤에 담긴 에너지가 7천억 원을 들여 건설하는 춘천 열병합발전소보다 강력하다는 결과까지 이미 나왔다.

아도니스의 소울 스톤은 그보다 더할 것이다.

연구 개발이라는 미션이 남았지만, 2개의 소울 스톤만으로 1조 이상의 가치는 확보한 셈이었다.

"A350으로 진행합시다. 이제 12월이니 올해 안에 법인 리스 시작하면 절세에도 도움이 될 것 같고, 빨리 진행되도록 도움 부탁합니다."

보통 자동차를 살 때도 고민을 오래 하고 구입을 결정하기 마련이다.

그런데 최치우는 옷 가게에서 쇼핑하듯 3천억 원이 넘는 비행기를 사기로 했다.

임동혁을 포함해 비행기를 팔려고 온 김경호 본부장과 이유진 팀장도 모두 놀랐다.

"파이낸스와 관련된 실무는 임 이사님이 담당할 겁니다."

"네, 네, 대표님. 저희도 저와 이 팀장이 최대한 빠르게 구매가 이뤄지도록 노력하겠습니다."

"그럼 나머지 미팅은 이사님과 계속해 주세요. 임 이사님, 맡기고 갈게요."

최치우는 임동혁이 대답할 틈을 주지 않았다.

그는 웃으며 자리에서 일어났다.

보기 드문 미녀인 이유진 팀장의 눈길이 발목을 잡았지만, 원할 때 언제든 기회를 만들 수 있으니 조급해할 필요는 없다.

30분 사이에 3천억짜리 거래를 결정하고 밖으로 나온 최치우는 기지개를 크게 켰다.

새로운 차원인 현대로 환생하게 된 것도 어느덧 4년이 넘었다.

그동안 최치우는 누구보다 밀도 높은 삶을 살았다.

그렇기에 진짜 차원이 다른 인생을 누리게 된 것이다.

하지만 그는 여전히 배가 고팠다.

정복해야 할 높은 산이 수두룩하게 눈에 보인다.

미팅룸에서 나온 최치우는 딴 길로 새지 않고 김도현 교수에게 갈 계획이었다.

두 번째 소울 스톤에는 얼마나 많은 에너지가 담겨 있을지 궁금했다.

그는 일상에서도 끝없이 자신의 한계를 시험하고 있었다.

*　　　　*　　　　*

굵직한 일들이 동시다발적으로 진행됐다.

올림푸스가 전용기 구입을 추진 중이라는 사실이 알려지며 또 한 번 세상이 시끄러워졌다.

법인 리스로 경비를 나눠서 지불하고, 절세 효과까지 볼 수 있지만 어쨌든 3천억 원은 천문학적 액수다.

아직 올림푸스의 시가총액이 3조 원가량인 걸 고려할 때 무려 10분의 1을 전용기에 투자한 셈이다.

그럼에도 주주들은 크게 반발하지 않았다.

아니, 못 했다고 표현하는 게 정확하다.

최치우가 임시 주총에서 사자후를 터뜨리며 올림푸스 경영권이 누구에게 있는지 확실히 각인시켰기 때문이다.

마음에 안 들면 주식 팔고 떠나라는 최치우의 포효는 여전히 건재했다.

대신 그로 인해 엘리시움과 소송전을 벌이게 됐고, 결국 뉴욕주 법원이 재판을 열기로 했다.

사실 재판 자체가 무산되는 게 베스트 시나리오였다.

미국에서의 소송은 불리하기 때문이다.

그러나 최치우는 뉴욕주 최고의 로펌인 LCK를 선임해 착실히 준비를 해왔다.

소송전에서도 승리 할 자신이 있었다.

근거 없는 자신감은 아니다.

그는 에릭 한센과 엘리시움이 네오메이슨이라는 울타리로 묶여 있다고 확신했다.

그들은 최치우가 전금녀를 통해 전기차 회사의 지분을 확보한 걸 알게 되면 먼저 거래를 제시할 것이다.

최치우는 유리한 위치에서 함정에 빠진 네오메이슨 세력을 잡아먹을 작정이었다.

물론 전금녀의 주식만 믿고 있을 수는 없다.

진짜 필살기는 따로 있다.

전금녀라는 비장의 무기보다 몇 배 더 강력하고 충격적으로 전쟁터를 초토화시킬 카드를 꺼낼 때가 됐다.

"교수님, 예정보다 이르지만 지금이 완벽한 타이밍입니다."

최치우는 각오를 굳힌 얼굴로 김도현 교수에게 자신의 뜻을 전했다.

미래 에너지 탐사대를 이끄는 김도현 교수, 그리고 임동혁까지. 오랜만에 3인 회의가 소집된 자리였다.

그만큼 중대한 발표가 뒤따를 것이다.

"치우 군, 하지만 아직은……."

"알고 있습니다. 소울 스톤에 담긴 에너지를 추출하기 위한 연구는 더 오래 걸리겠죠. 그러나 사람들은 당장 드러난 결과 이상으로 가능성을 중요하게 봅니다. 주식이 10배, 20배 거품처럼 들끓는 회사들의 공통점이 뭘까요? 매출이나 이익이 높아서가 아닙니다. 대박이 날 거라는 가능성을 보여만 주면 폭발적인 반응을 이끌어낼 수 있습니다."

최치우는 소울 스톤의 존재를 공개하기로 결심했다.

소울 스톤이라는 물질이 있고, 그 안에 어마어마한 에너지가 들었다는 사실만 발표하면 된다.

대체에너지 개발의 패러다임을 바꾸는 획기적인 발표가 될 것이다.

오직 올림푸스만 독점한 미지의 가능성.

석유가 펑펑 터지는 유전을 통째로 발견한 것 이상의 충격을 선사할 게 확실하다.

"우리 시가총액이 10배는 더 뛸 거라고 장담합니다."

임동혁은 흥분을 감추지 못해 주먹을 꽉 쥐고 있었다.

소울 스톤의 존재만 공개해도 3조 원 규모의 시가총액이 30조 이상으로 뛸 것 같았다.

아무 매출도 못 내는 IT회사들이 신제품에 대한 기대감만으로 미친 주가를 형성하는 세상이다.

올림푸스는 그동안 주식 버블에서 살짝 비껴나 있었다.

항상 큰 관심을 받았지만, 투자자들을 미치게 만드는 결정적한 방이 부족했다.

하지만 소울 스톤이 공개되면 이야기가 달라진다.

새로운 시대를 알리는 방아쇠이자 올림푸스 주가 폭등의 시발점이 될 것이다.

"엘리시움이 소송을 거는 논리는 명확합니다. 제 경영 방침이 주주들의 이익을 위배한다는 것이죠. 그런데 소울 스톤을 공개하고, 우리 주식 가치가 미친 듯 높아지면……. 엘리시움의 논리는 저절로 힘을 잃게 됩니다."

최치우의 목소리에는 굳건한 힘이 실려 있었다.

김도현 교수는 학자다.

그렇기에 승부를 내리는 결단력은 최치우를 따라갈 수 없다.

괜히 가장 어린 최치우가 리더인 게 아니다.

"알겠어요. 그렇다면 나는 연구진과 함께 데이터를 준비하고, 검증까지 완벽히 해놓지요."

"네, 교수님. 새해가 밝으면 소울 스톤을 공개하겠습니다. 온세상이 그 무궁무진한 가능성에 열광하게 될 겁니다."

최치우는 전율을 일으키는 데 소질이 있었다.

김도현 교수와 임동혁은 잠시 말을 잃고 소름이 돋는 걸 느꼈다.

다가오는 새해, 최치우가 24살이 되면 천지개벽과 맞먹는 충격이 세계를 강타할 것이다.

최치우는 두 손으로 역사를 쓰고 있었다.

『7번째 환생』 6권에 계속…